本当に自分の人生を生きることを考え始めた人たちへ

これから書くことは、「本当に自分の人生を生きることを考え始めた人たち」へのメッセージなのですが、最初はそのことがよくわからないと思います。でも、最後まで読めばわかると思いますので、興味を持たれた方は読んでみて下さい。

最後に、また会いましょう。

時系列に沿って、私と冨田さんとの交流を書いて行きたいと思います。
まず最初は、２００９年12月25日に発売された私のエッセイ、『つれづれノート⑰「きれいな水のつめたい流れ」』の２００９年６月25日（木）の記述から。

６月25日（木）
編集者の菊地さんが、最近会って素敵だと思った人（メッセージの熱い内容にもかかわらず「その伝え方が落ち着いていて、押しつけがましくなくてすごくいいなーと思ったのです」）、冨田貴史さんのブログ「RadioActive」の所在を教えてくれた。
さっそくブログの一部を読ませていただく。この方は、「六ヶ所村ラプソディー」という映画の上映活動や、核やエネルギーに関する旅を続けて、既存の世界観を見つめ直すワークショップやイベントを各地で開いている人だそう。33歳。
スケジュールを見ると、ホント、移動の日々だ。
２００９年４月24日の「久しぶりの投稿」の中の「『イベントやって何の意味がある』『イベントで原発は止まらない』という聞きあきた言葉は、いまだに聞こえてくるわけですが、心に大きな意味をもたらすんだよ、それは間違いないことだ。と言いたい」と、
５月19日の「世界のすべての場所から、被ばくによる苦しみがなくなりますように」の

中の「非核への道、すべてのつながる命が核の脅威から解放される未来へと続く道を、歩めますように。この問いかけと、この祈りと、共にあることさえ出来れば、僕を呼ぶ内なる声を聞いてあげることが出来ていれば、映画の紹介も、代弁も、説明も、嚙み砕いた話も、その時々の状況が求める色々な仕事も、もっとうまく出来るようになる気がする」の文章がすごく好きだった。

最初の頃のを読もうかなと、2008年5月28日（水）「僕がワークショップとイベントを続ける理由」という文章をまず読んだら、あまりにも素晴らしく、それ以上、他を読む気力が、なくなった。これ以上、この人のことを知るのが恐いと思った。失望しないと思う。この人、すごいね。言ってることがわかりやすいし、信頼できる。この人の書いている言葉と、この人自身が、完全に一致しているような印象を受ける。一致しているというか……、言ってることと本人の間に夾雑物《きょうざつぶつ》がなく透明で、過不足もブレもない、って感じ。そういうのを表す言葉があったな……。

明晰《めいせき》。

わお、それ、いちばん好きかもしれない。

あと、個人的に興味を持ったのは、「僕の中で、制御がきかなくなる瞬間がある」という一文。そのことについて、ちょっと質問してみたくなった。そのあとに、それについての説明がなされていたので、聞く必要はなくなったけど。

彼の熱さの出元はなんなのだろうと思う。とても興味ひかれる。それに、そのことを思うと感情的になってしまう、という感覚は私にもあるので、共感する。私は自分の熱さの出元が、なんとなくわかる。

暦に関心があり、詳しいそうで、そこにも彼の魂の出自が表れているようで、おもしろいなあと思った。


読み返して思い出すことは、私はこの文章をすごく慎重に書いたということだ。伝えたいことがたくさんあったけど、冨田さんの関わっていることの内容が大きすぎて、深刻すぎて（真剣で地に足がついていて）それを短い言葉で紹介することが私にはできないと思い、自分が強く感じたことだけを書こうと思って書いたんだった。明晰さ、というのだけははっきりとそう思った。

実は、冨田さんが暦のワークショップを9月に逗子でやるらしいということを菊地さんから聞いたので、一緒にそのワークショップに行こうという話になった。

その後、冨田さんのブログを読んでいたら、今朝、お弁当を作ったという文章が書いてあった。写真付きで。読むと、どこどこのお米に、どこどこの海苔とか味噌とか梅干しとかで、その素材の自然さ、素朴さ、確かさ。とてもおいしそうだった。私はじっとそのお弁当を見つめた。そしてその本物っぷりに私は襟を正して、菊地さんにすぐさま、冨田さんが作ったというお弁当を見たんだけど、この人に興味本位で会いに行ったらいけないと思うので、私の本に感想を書くにとどめる、とメールした。好奇心で会いに行ったら負ける、と思ったのだ。

それから時が過ぎ（たぶん次の年）、冨田さんから出版社宛に本と手紙が送られてきた。

銀色夏生様

つれづれノート⑰「きれいな水のつめたい流れ」の中でブログ「RadioActive」を紹介いただいた冨田貴史という者です。その節は、本当にありがとうございました。

ブログというメディアでは、過去に書いた大切な文章も時間の流れの中で埋もれてしまう事が少なくありません。バックナンバーを辿《たど》って記事を紹介して頂いたことで、自分自身も過去の想いを振り返ることができました。

僕の中にある熱さの淵源《えんげん》、僕を突き動かすものが何なのかについては、いまだに分からないまま生きている感じですが、たまにやってくる「なんだか制御の効かない感じ」というものも、一つのガイドのようなものだと思っています（笑）。

10月11日に『美しい海と私たちの未来』という本を作りました。

山口県上関という場所について書きました。

4日ほどで一気に書き上げたものなので、乱暴な部分もあるかもしれませんが、読んで頂けたらと思って同封しました。

もう一冊の本『わたしにつながるいのちのために』は、2006年に書いたものです。

書くと決めてから半年以上うんうんうなりながら、書きました。

原子力も核も、しみじみデリケートな問題だと感じます。

そしてこれからもまた、うんうん言いながら何か書くのだろうと思います。

突然のお手紙で失礼しました。

ツイッターとホームページも拝見させて頂きました。

精力的な活動をされているようでうれしくなりました。

今後とも、ますますお元気で御活躍ください。

ありがとうございました。

冨田貴史　拝

(『わたしにつながるいのちのために』という文章は冨田さんのブログに紹介されていて、私は最初それを読んで共鳴し、その中の「あとがきにかえて」という文を読んで、それ以上に共感したのだった)

これに対して、私はお礼の手紙と新しい本を2冊送った(らしい)。返事から察するに、暦のことを聞いたみたい。

そして、その後しばらくして(2010年12月末)、冨田さんからその返事が、冊子と共に送られてきた。が、それがめったにないアクシデントで2ヶ月も遅れて届いたのです。中に入っていたお手紙。

銀色夏生さま

冨田貴史です。

お手紙と本2冊送っていただき、ありがとうございます。

僕が初めて夏生さんの本を手にした20年前、僕は中学生でした。

その時に夏生さんの本を手にした感覚を思い出しました。

表紙の美しさ、絵や写真と文字が溶けあっている感じ、手にすっと収まる感じ、などなど。

文章を紡ぐことだけでなく、「本」という作品全体をプロデュースしている感じがにじみ出ていました。

写真やイラストと文章の配置の仕方とか、表紙の装丁とか、紙質とか……、そういったトータルプロデュースに深く関わる本作りを、今もずっと続けていることを感じて、とてもうれしくなりました。

夏生さんのエッセイの中で、ひとりの男性を愛し続けることを求めていると書かれていましたが、僕は、夏生さんが本作りというアート作業を愛し続けてきていることを感じます。

暦はおもしろいですよ〜。

僕は「13の月の暦」というマヤ文明からの預言を元にしたカレンダーとの出会いから、暦にはまり始めました。２００2年のことです。

この何年かは日本の旧暦と陰陽五行に傾倒し、西暦も含めて3つのカレンダーを中心にして使っています。あとは……、太陽系の10個の惑星の毎日の位置を確認する「地球暦」を使ったり、その他の星座や惑星などの情報が盛り込まれた「天文手帳」を使ったりしています。例えば「13の月の暦」は、365日を28日×13ヶ月＋1日とするものと、260日サイクルのカレンダーとの組み合わせで出来ています。

365日周期は地球が太陽の周りを回る一周と対応している自然のリズムですから、とても大事なものです。しかし、今のグレゴリオ暦（西暦）では、毎月の日数が不規則なので、地球のリズムと生活のリズムが調和しにくく出来ています。

そのようなカレンダーをほぼ全人類が受け入れ続けていることで、人工的なリズム、人間社会を中心としたリズムに意識も生活様式も傾いてしまったり、不規則な時間感覚によってバイオリズムが乱れたり、自然と切り離されている不安感から抜け出せなかったり。

「13の月の暦」を作ったホゼ・アグエイアスは、不規則で人工的なカレンダーのおよぼす影響を「時間の牢獄に閉じ込められている」と表現します。

そのような牢獄から抜けだし、真の時間を生きることが、新しい時代へのシフトにつながるという考えの元に、地球のリズムに調和したカレンダーを使うことを奨めています。

260日周期の誕生日なんていうのもあるんですよ。

僕はkim110白い律動の犬です。
世界中、宇宙中に、たくさんのリズム、流れが存在していて、それぞれが調和しています。
その中のどのリズム、流れに意識のチューニングを合わせるかで、
生きる世界の中でのものの見方、感じ方が変化することを感じます。

東京でも（宮崎でも）、ワークショップをしていますし、出張ワークショップもしています。

宮崎県串間市では、今年の秋に当選した市長が原発の誘致を再検討する意思を表明していて、来年4月には原発誘致の是非を問う住民投票が行われることになっています。

串間の美しい自然に惹《ひ》かれて移住してきた人たちと出会って友達になったのですが、彼らが3月末〜4月頭の時期に、串間の自然の美しさを伝えるためのイベント（アースデイのようなもの）の企画を考えています。そのあたりの時期に、宮崎をゆっくり回ることになると思います。

そしてこの秋、また1冊本を作りました。

6人のメンバーで取材、執筆、編集、レイアウト、デザインをしました。

1年半かかりましたが、やりがいのある仕事で、自分たちでトータルプロデュースして納得のいくものを作る、ということが出来たことは大きな体験でした。よかったら読んでみてく

ださい。
今年の夏は暑かったですが、冬はどうでしょう。
だいぶ冷え込んできました。
より一層ご自愛ください。
感謝
拝

冨田貴史

2011/2/26 (土) 22:35
冨田貴史さま
こんにちは!
さっき、メール便、受け取りました…(笑)。
というのは、なんと運送会社の誤配送で、2ヶ月間、間違ったところにとどまっていたのだそうです。それでも、こんなに遅れてでも、届いたことがうれしいです。
(こういうのって、なんとなく、意味があると思います。つい数日前、私には心境の変化があったので、新しい心境の私に、届いたことが、ね)

送っていただいた冊子、これから読みますね。

ありがとうございます。

冬が終わり、もう春の始まりですね。

私は3月生まれなので、春が好きです。

暖かくなると、急にうきうきしてきて、冬の間のちょっと暗かったかもしれない気分が、一瞬にパアッと消えていくような気持ちになります。

ちなみに、私の誕生日は、1960年3月12日です。

でも、生まれた時間はよくわかりません。午前中、昼前だったような気がするとか、聞いてますが。もしこれでなにか見ることができるなら、見てください（鑑定料、しっかり請求してくださいね）。

私は今、東京と宮崎を短いスパンで半分半分、行ったり来たりしていますが、4月からは東京中心になります。

私の暦を見た結果を、よければ、教えてください。

私は、動ける範囲なら、どこへでも行けます。

というか、好きなもののために動くことが好きなのです。

ではいつか、お会いできるのを楽しみにしています。

銀色夏生

2011/3/29（火）10:47
銀色夏生さま
冨田貴史です。

返信がとても遅くなってしまいました。

申し訳ありませんでした。

メールをいただいたこと、とてもうれしく思っています。

そして返信の機会を大事に作ろうと思っていたら、どんどんとタイミングを逃してしまいました。

タイミングにはすべて意味があると、僕も思います。

そして、それにしてもこの3月11日というタイミングがあまりにも大きな出来事になっているので、現在進行中のひとつひとつについては、どんな意味があるのかを判断する余裕もなく、また、判断など出来ないくらい大きな意味のある出来事が連続しているように感じています。

この間に冊子を読んでいただけていたら、とてもありがたいです。

特に2006年に書いた「わたしにつながるいのちのために」は、震災後、この本を広めることの意味を改めて感じているところです。

原発や放射能、今僕たちが生きている世界についての様々なリアリティについて、伝えたり一緒に考えていくためにあの本を書きました。

それは、今回のような事態を防ぐためでもありましたが、同時に、どんな事態になっても恐怖におびえ耳をふさぐのではなく、現実を自分ごととして受け止めてくれるようにと願って書いたものです。

僕たちはすでに被曝《ひばく》もしているし、リスクも背負ってしまっています。

そしてそのことに対する責任を取ろうという姿勢は、政府にも電力会社にもなく、ひとりひとりが自分ごととして引き受けていくしかないんだろうと思っています。

放射能は目に見えない分、付き合い方もシンプルだと思います。

自分の命は自分で守る。大切な人の命も自分が守る。そのために必要な知識や知恵や環境は自分で作る。みたいな。

「あの人たちは命を守ろうとしてくれていないな〜」という気持ちは、原爆投下から核実験、原発開発の経緯を知る中でひしひしと感じてきました。

「だからあの人たちは信頼できない」と切り捨てるのではなく、皆が等しく、命を優先できないシステムの中にはまり込んでしまっているのでしょう。

今回の震災と原発事故を通じて、このシステムを共有しているわたし達の認識（世界観、リアリティ）にピキピキッとひびが入ったようです。

「想定外」という言葉は「わたし達の信じ込んできたリアリティが崩壊した」という、新しい時代の幕開けの声のようです。

わたし達自身が想定外の存在になっていくことで、この想定外の世界を生き抜いていきなさいといわれているようです。

もっと明るく、もっと力強く、もっと自信をもって、もっとやさしく、もっとていねいに、できるはずです。

みんなが10％増しで元気になったら、10％元気な世界ができるでしょう。

＞ちなみに、私の誕生日は、1960年3月12日です。

＞もしこれでなにかみることができるなら、みてください（鑑定料、しっかり請求してくださいね）。

マヤの暦（13の月の暦）では、約26000年という、太陽系が銀河の中をぐるっと1周するサイクルの中のどこにいるのかを意識しています。

今はその26000年ほどのサイクルが閉じられて、次のサイクルに移行する時期であり、26000の5分の1にあたる約5200年サイクルも同時に閉じられようとしている時期にあたると言われています。

その節目が2012年と言われています。

しかし、この節目に何が起こるかにあまり振り回されるのはナンセンスです。

このタイミングは、「今が夜明けです」とか「今日から春です」みたいなもので、そこでバシーンと何かが起こるというのは、あまりにも機械的な発想だと思います。

ただ、そういう機械的（人工的）な発想が好きな人も少なくはないようなので、2012年に破滅！　とか盛り上がっちゃう人もいますね。

こういう人は、ファミコンやってて都合が悪くなるとリセットボタンを押しちゃうような人なのでしょうね。

自然界はそんな風にはできていなくて、節目があったとしても、変化は常に水のようにやわらかくいくものでしょう。

何かをきっかけにまず意識が変わり、それから話す言葉や書く言葉が変わり、行いが変わり、習慣がかわり、生活全体が変わっていく、みたいに。

このあたりのことは、またゆっくりお話できたらいいですね。

でもって、、、このマヤでは、５２０００年（２６０００年×２）とか５２００年とか、52年とか52週間（＝３６４日）とか52日とか、52をとても大事にしています。

この根拠も色々あるのですが、、、今回はおいておいて。

人生も52年が大きな節目と言われています。

52年はシリウスという星の周期とも連動していて、銀河の中の存在として自分を位置づけた時の還暦のようなものです。

意識の還暦とでもいいましょうか。

そして52歳の誕生日を経て１０４歳の誕生日までの間が、銀河から受けた恩恵を返していく時期にあたると言われています。

循環していく折り返し地点が52歳、という感じですね。

ですから、、２０１２年３月12日はそういった節目にあたりますし、２０１１年３月12日からの１年間が、52年間を仕上げていく最後のサイクルにあたるという見方が出来ます。

また、同じくマヤ由来の13の月の暦では、２６０日周期のツォルキンというカレンダーがあり、ひとりひとりにも、２６０日周期におけるツォルキンバースデーが存在します。

それで見ると夏生さんは「kin183 青い磁気の夜（blue magnetic night）」ですね。

この意味を説明するのは、メールでは少し大変ですが、、、ちょっと書いておくと、、、

このツォルキンの260日は、

「太陽の紋章」という20日サイクルと、「銀河の音」という13日サイクルの組み合わせによって出来ています。

夏生さんは、20ある「太陽の紋章」の3番目にあたる「青い夜」と、13ある「銀河の音」の1番目にあたる「磁気の音」の日に生まれました。

青い夜のキーワードは、

青い夜　blue night＝豊かさ（abundance）、夢見る（dreams）、直感（intuition）

磁気の音のキーワードは、

磁気の音　magnetic tone＝目的（purpose）、統一する（unify）、引きつける（attract）

です。

それぞれのキーワードが個々人にどう作用するかは分かりません。

なぜそのキーワードがその人にもたらされたのかも分かりません。

その判断、解釈も、個々人に委ねられている感じですね。

僕個人の感覚としては「このキーワードが僕に何かを教えてくれる（気づかせてくれる）ん

だろう」と思っています。

それぞれシンプルなキーワードなので、その分、噛みごたえがあります。

そのほか、旧暦で見るとか、生まれた日の星の配置で見ると、とあると思いますが、、まずはこんな感じでいかがでしょう。

鑑定料はいいですよ。
13の月の暦は、占いのように使ったり鑑定したりするよりも、ひとりひとりが自分の運命や自分の日々を、自分の五感や直感を開いて、自分で解釈、判断して、自分時間を活性化させていくことに目的をおいているので、
鑑定に対する対価は、僕も求めません。
これは、僕を通して夏生さんに伝わった銀河からのギフトのようなもので、僕はひとつの管のようなものです。

実は僕、4月1日から4日まで宮崎にいます。

今、九州各所をツアーしています。

どこかで会えたら楽しいですね。

夏生さん向けに暦やエネルギーの話をしたりもできますよ。
その後は福岡にいます。
4月中旬以降は、関西、中部、関東などをサーキットします。
ではまた連絡します。
どうぞよい日々をお過ごしください。

冨田拝

2011/3/30（水）11:53
冨田さま
ありがとうございます。
あの気楽なメールを出してからすぐに地震が起こり、
すごく忙しいのではと思っていました。
今は私は、自分のできることを通して、自分の思いを伝えていこうと思っています。

青い磁気の夜。
キーワードのひとつひとつ、たして目で追うごとに、
それらが結びついて、深く納得するものがありました。

私は、おととい東京に移動し、今後は基本的にこちらにいることになります。
長い休みの時に宮崎、という感じになると思います。
東京か宮崎周辺で、いつかお会いできたらうれしいです。
時間があったら連絡下さいね。
お会いした時に、私もギフトをさしあげられると思います（笑）。　銀色

ギフトって？
なぜかわからないけど、私は時々こういうことを言う……。でも、なにかはあげられると思うので。

2011/4/28（木）16:13
銀色さま
冨田です。
今は東京の恵比寿にいます。
一緒にバンドをやっている友人の家に滞在中です。

あれから九州、関西、中部、関東などをいろいろと回り、ようやく少しずつ色々なものを穏やかに見れるようになってきました。

僕は気楽さは美しい、と思いますよ。

美しさややさしさや穏やかさや楽しさが、世の中からなくなってしまうのは悲しいことです。

話は変わってしまいますが、宮崎の人たちを「のんき」とか「世の中の流れにおいていかれている」という人もいますが、

僕はそのままであってほしいな、その「素敵な感じ」を大事にしたままでいてほしいな、と思います。

僕はお察しのとおり、すっごく忙しくなりました。

お話会のオファーがとても増えました。

もともと予定はつまっているので本数を増やすにも限度はありますが、会を開きたいと声をかけてくださる機会がとても増えました。

原発や、地域のこれからや、自分たちにできることについて、みんな話したがっていますね。

話すこと、表現すること、それを聞くこと、見ること、それによって、自然にいろんなことがむくむくと育って、世界のかたちは変わっていくような気がします。

そして僕も、今までどおり、自分がやれることをひとつひとつ大事にしていこうと思っています。

急ぐことはあっても、あせらずに。

不安に思うことがあっても、おびえずに。

怒れることがあってもやさしく。

なんだか当たり前のようなことを、もう一回教えてもらっているような感じで日々をすごしています。

>青い磁気の夜。
>キーワードのひとつひとつ、たして目で追うごとに、
>それらが結びついて、深く納得するものがありました。
直感、夢、豊かな夜の世界。

素敵なキーワードですね。

マヤの宇宙観は、とても美しくて大好きです。
>東京か宮崎周辺で、いつかお会いできたらうれしいです。
>時間があったら連絡下さいね。
>お会いした時に、私もギフトをさしあげられると思います（笑）。

次の宮崎訪問は8月以降になりそうです。
東京にはちょくちょく来てますよ〜。
実家も茨城なので、関東はなじみの土地です。
（僕の日記ブログ「冨田貴史・旅日記・旅予定」にも詳細予定をあげています）

ギフトとても楽しみです。
僕も5月から6月には1冊新しい本を書こうと思っています。
書きたいパッションが高まってきています。
ではまた連絡いたします。
よい春、夏でありますように。

とみた拝

2011/4/28（木）16:47

あ、冨田さん、ちょうどよかった！
聞きたいことがあったのです。
あの…、
6月25日に、私の『つれづれノート』というエッセイの最新刊がでるのですが、
その中に、このあいだ冨田さんからいただいたメールの文章を載せてもいいですか？
理由は、地震や原発の感想を私もちょこっとだけ書いているのですが、
冨田さんの文章を載せさせてもらうと、みんなにもとてもわかりやすくて、
私の気持ちも伝わるような気がするからです。
ダメだったらいいですので、お返事、教えて下さい。

私も今、恵比寿にいますよ。
明日から宮崎に帰ります。
今日の夜は会えないよね？
では、メール、お待ちしています。　　銀色

2011/4/29（金）

冨田です。

おしい！　昨夜は下北沢で暦のワークをしていました。今夜は空けられますよ。

17時まで横浜、そこから国会議事堂でのキャンドルナイトに行こうとしていますが、調整可能です。明日は19時まで茅ヶ崎で、夜は恵比寿に戻ります。今夜も戻りは恵比寿です。もしタイミングが合うようでしたら連絡いただけるとありがたいです。

メール文の転載はオッケイです。基本的に、銀色さんの著書などに引用していただく分には事後報告でも、それなしでもオッケイです。僕の言葉にかぎらず、ひとつひとつの言葉をていねいに扱ってくださっていることがとても伝わってくるので、その扱いについては完全に信頼しております。ご自由にお使いください。仕上がりがとても楽しみです。

ではまた連絡いたします。冨田拝

私は自分の話すこともメールの文章も、それがどのような状況で発せられた言葉であるかということさえ正しく明記されていれば（それがいちばん重要）、どこでどんなふうに伝えられてもかまわない。友だちとの会話も、すべてを公言できるという姿勢で話している。それはどの言葉も自分の真実のところから発している言葉だから。そういうふうに生きているから。どの一部も自分自身だと思ってる。冨田さんもそういう方なのではないかと思っていたけど、転載の許可をこうやっていただくまでは緊張した。でも、私が思った通りの返事をいただけてうれしかった。

2011/4/29(金)13:24

ふふふ。私は、これから飛行機に乗るところ！　また連絡します。本、送りますね！　銀色

2011/4/29(金)20:38

行ってらっしゃいませ〜。本、楽しみにしています！

よい連休をお過ごしくださいませ〜。

私は冨田さんの今までのメールやお書きになってる文章を読んで、この人の落ち着きかげん、歳は若いけど心はおじいさんっぽいなと感じていたけど、この携帯の短いメールを読んで、思ったよりもそんなにおじいさんっぽいばかりじゃないかもと思った。

2011/4/30（土）15:44
あれ？
冨田さんって、書いてることがとても落ち着いてるから私は感心してて、心はおじいさんみたいなのかと思ってたけど、おじいさんみたいじゃないところもあるのかも!?（笑）

2011/5/2（月）15:18
ありますよ〜。
確かによく「魂がおじいさん」と言われますけど（笑）。
ゴールデンウィークの東京は「今は遊んでても許されるよね？」と皆がようやく子ども心を解放してる雰囲気で、いい感じです。僕は今、富士にいて、これから名古屋です。東京には5月14日に戻る予定です。
よいゴールデンウィークをお過ごしください。
宮崎の陽気うらやましいです。　冨田拝
追記
明日は新月ですね。
初夏の月「卯月」が始まります。ウズウズ疼《うず》く季節です。

2011/5/2（月）16:27

魂がおじいさん！　やっぱり（笑）。みんな思うんですね。

でも、だから人が安心するんでしょうね。

冨田さんは、今やってることを、この時期に思う存分やるために今回、生まれてきたのだと思うので、どんなにやってもやりすぎることはないと思うので、どんどんやってください。

5月14日……、その日だけいないんだけど。恵比寿で2時間、時間がある時は連絡下さいね。

聞きたいことがあります。それは、原発のことでも、暦のことでもなく、とても即物的な（笑）ことなのですが。大丈夫でしょうか……。

卯月、疼くキセツ？

それってちょっと痒《かゆ》そうですね。

銀色夏生

（メール一個、消失）

2011/5/2（月）18:48

うん。確かにおじいさんっぽい（笑）。そのおじいさんぶりを見ちゃおう。

ものを書く時間は短時間でも大丈夫でしょう。その前に考えてる時間があるでしょうから。案外、時間がない時ほど、とぎすまされた言葉がでるものですし。

16日は私も大丈夫。会える時間がわかったら教えて下さい。　　銀色

2011/5/4(水)11:31
今は名古屋に来ています。

2002年から2008年まで住んでいたので地元のようでもあります。

書く作業にはまりたい願望はかなり疼いてますね。そろそろバーッと書き始めそうです。

16日は、ランチのラッシュをかわして13時待ち合わせくらいでいかがでしょう。

17時に恵比寿を出られれば、次の予定には充分間に合います。

待ち合わせ時間はもっと早くても、遅くても、どちらでも対応できます。ご検討くださいませ。

2011/5/4(水)17:14
了解しました。お昼食べてから行きます。
というか、もしよければ家で話しませんか？　その方が落ち着くので。

私は、なにか書く時は、自由に好きなことを（限度はあるけど）書けるところに生まれてうれしいな、と思いながら書いてます。
今日の宮崎は、すごくいいお天気でした。明日、東京へ戻ります。

銀色

了解です。13時くらいに伺う感じで大丈夫ですか？
僕もお話会などで同じようなことを感じます。
「好きなことを話せるって恵まれてるな〜」と。
愛知もポカポカです。
風が気持ちいいですね〜。
僕は明日、京都に戻ります。ではまた。

冨田貴史

このあと、5月16日の13時に、冨田さんが家にいらして、2時間ほど話しました。
何を話したか……、
何を話したっけ。
最初に、玄関で迎えて、挨拶して、お土産の木の実かなにかのクッキーをもらって、なにか、どういうふうに仕事してるのかとか、町から町へ移動する時の荷物はどうしてるかとか。

あ、即物的なことって、このことだった。移動のコツみたいなこと。教えてもらいました。販促物などは次の次の場所へ宅配で送るとか。あと、生活費は？　暮らしていけんの？　とか。すると丁寧に教えてくれた。

あと、なんか抽象的なこと、物事を考える時、他の角度から考え直すとか……。うーん、忘れちゃった。社交辞令を言わなくていいのがよかった。思ったことだけを、ただ話せて。

いちばん印象深かったのが、落ち着きと安定感。私が普段、ひとりで考えごとをしている時と同じ意識レベル。そのレベルで人と会話できて、すごく楽だった。

探したら、その日の記録がありました。

「5月16日（月）
午後、冨田さんとお会いする。とてもリラックスして話せた。
まるで、それぞれの長い旅を続けている知人同士が砂漠の中のオアシスでバッタリ会って、淡々と途中経過を報告しあってるみたいな感じだった。こういう、ひとりで自分の道を歩いている人だと、会っても穏やかに過ごせるのでいい。文章と同じく、とても冷静な方だった。

いちばん印象に残った言葉は、『みんなすぐに結論を求めるけど、もし結論だけが欲しいのなら、今、この地球に生きている必要はないと思う。結論にたどり着くまでのプロセス、過程を経験するために生きているんだと思う』みたいなこと。
あと、おみやげにもらったインドのモリンガの種。割って中身を食べられるというので食べてみたら、苦くてほの甘く、とてもとても変な味だった」

このあと、メール2個、消失。
冨田さんから感想のメールが来て、「対談みたいだった」って書いてあった。
それに対して私がメールして、それに対する返事から、以下。

銀色様
>私は、人との会話は、すべて対談だと思っています（笑）。
>冨田さんが落ち着いているので、私もそうしていられてうれしかったです。
>落ち着かない人といると、それを見ているしかなくなるので。
それは同感です。

イベントだと、バッタバタの主催者と落ち着いている主催者の違いがおもしろくて、今はどっちも、見て楽しんでます。

もちろん手伝ったりしますけど。


＞旧知の旅人同士が旅の途中で偶然会って、今までのことを報告しあっているような印象を持ちました。

それはあるかもしれません。

一気に話してしまって、旅の交差点で情報を交換、確認しあっているような感じというか。


＞イベントの企画を立てて、それを実行する〜という話は、もっといろいろ聞きたかったです。実践的なことに興味があるので。

＞具体的な例があると聞きやすいと思うので、

＞具体的に聞きたいことができた時に、また質問させてください。

そういうことを話すのは大好きです。

それで１冊本が書けちゃうかもしれませんね。

ほんと、そういうメソッドの研究とか実践とか大好きなので。日々研究してます。

3歳のときの口癖が「調べてみる」だったそうで。

>函館といえば、坂の上から見える海の青さを思い出します。
函館山でゆっくりしていました。

函館で一番最初に撮った写真は、坂の上から港を見た時のものです。

パザールバザールというかわいいトルコ喫茶ができましたよ。

ゆっくり本読んだりできる、こびとの家のような素敵なお店です。

>あ、あのお土産の「モリンガ」の種、相当、すごい味ですね！
>なにか、……なにかの味と似ていると思いましたが、どうしても思い出せませんでした。
すごいですよね。

アーユルヴェーダで使われているようです。

関節痛、疲労、酸化、老化などを防いだり、栄養もいろいろたくさん入っているようです。

思い出したらまた教えてください。

>本を書かれるのを楽しみにしています。

>早く書いてね！
>そして私に、見せて下さい。
ぱぱっと書いてしまおう、という気分になってきています。
書いたらお知らせします。
自分の中にあるものがどのような形で表に出てくるか楽しみです。
ここまで書いて恵比寿に戻ってきました。
いい天気です。
また連絡しますね〜。
よい日々を。

トミタ拝

お会いして、冨田さんは原発や暦だけでなく、イベント制作についても詳しいということを知った。
実は私は去年から、自分主催のイベント、読者との交流をやりたいと思い始めて、トークライブなど、いくつか経験して、いろいろなことがわかってきた。けど、まだよくやり方がわからないし、まだ本当にやりたいことではない、近づいているとは思うけど、まだ違うと感じていて、どうしたらいいのか、何でもいいから何かを知りたいと思っていた。それで、冨田さんに改めてイベントについて聞いてみたいと思った。

2011/5/25（水）13:48

冨田さん。

イベントのことについては、実は今、本当に聞きたいことがたくさんあるので、いつでもお時間ある時に、家に来て教えて下さい。

もしよければ、それに関しては録音させていただけたらうれしいです。

たぶん、貴重な気がするので。　　銀色

2011/5/25（水）18:49

それはうれしいです。

ほんと、いつ死ぬかわからないので、いろいろなかたちで、ニーズのある人たちに色々なことをシェアしていきたいんですよね。

僕が大事と思っていることについてはなおさら。

イベントや旅、コミュニケーションのスキルについては、どこへでもよろこんでいきますという感じです。テープ録音も大歓迎です。
具体的には、5月27日夜、夕食後くらいのタイミングから空いていますよ。
17時まで茅ヶ崎でお話会をしています。その後、恵比寿に泊まりです。
その後は、5月28日の午前、6月1日の日中でしたら恵比寿で時間がとれます。
その後は7月、8月にまた東京入りの予定があります。
気軽に誘ってくださいませ。
このアドレスか携帯アドレスに連絡をもらえれば応答できます。
それではまた!

とみた拝

2011/5/26（木）11:27

ふふふ。
いつ死ぬか、って。
では、27日（って明日?）の夜、待ってますね。
何時でもいいですよ。

銀色

2011/5/26(木)

>いつ死ぬか、って。
そこを拾われてしまうとはずかしいですね、
では、明日、27日の夜にお伺いさせていただきます。
20時ごろを目指して、また改めて連絡させていただくかたちでお願いできたらと思います。どうぞよろしくお願いします。

とみた拝

2011/5/26(木)18:12

もちろん、すかさず拾いますよ(笑)。
はい。では、お待ちしてます。
時間は気にせず、気らくに来て下さい。

銀色

2011/5/26(木)18:36

ご配慮をありがとうございます。
では、時間のめどがつき次第、早めに連絡いたします。
どうぞよろしくお願いします。

とみた拝

追記：携帯電話が壊れてしまって、通話やメールができる時間がかぎられています。が、なんとか連絡しますね。

2011/5/27（金）18:47

銀色さま

冨田です。恵比寿に戻ってきました。予定通り20時に行きますね。

携帯が不調で、そこに部屋番号がメモってあったのですが開けず、たぶん〇〇〇だったようなと思いつつ、たぶんたどり着けると思います。　ではのちほど。拝

きゃあ〜、違います。部屋番号は〇〇〇号室ですよ。無事にたどり着いてください！　銀色

無事にたどり着いた冨田さんと、イベントについて話す　2011年5月27日　20時

銀色　……ここに置いとく（ICレコーダー）。そしたらもう、聞こうかな（挨拶もそこそこに、いきなり）。

冨田　はい（笑）。

銀色　あのさあ……。イベントを企画して、それを実行するっていうのが、まず最初の出だしでいいの？　それとも、その前に何かある？

冨田　えーと？

銀色　何を教えてたんだっけ。

冨田　専門学校でですか？

銀色　うん。

冨田　専門学校では、授業の科目で言うと……「イベント制作ワークショップ」っていうのと、「コンサートツアーマネージメント」。……このふたつが主だったんですよね。で、すごい具体的に話してしまうと、ひとつの授業がひとコマ90分で、イベントの仕事につきたいという人たちのための「イベント企画制作コース」というのがあって、

イベンターになりたいとかホールスタッフをやりたいとか、マネージャーをやりたいとかいう人たちが来るんですけど、90分ひとコマでイベントの企画の話はし切れないので、ふたコマとか3コマ担当して、そこで自分たちのアイデアを出したり、それを企画にしたり、それを話し合って運営したり、実際に実現するまでやったり、それを振り返ったりするっていうのを授業の一環としてイベントを実際に作るところまで1年かけてやる、みたいなそんなことをやってたんです。

銀色　うん。

冨田　その過程で、照明のコースで入って来た学生たちが、1回でもその学校の中で自分たちでイベントを企画するっていうことをするとイベント企画者の視点からものを見れるようになるっていうことで、そういう授業を持ったりしているうちに、週に30コマぐらい持つようになって……。

銀色　え？　それは何の学校だったの？

冨田　音楽の専門学校です。商業音楽科というのと、アーティスト科というのがあって、アーティスト科っていうのは、ボイストレーニングとかドラムのレッスンとか……。

銀色　本人がアーティストになりたい人が行くとこ？

冨田　そうです。で、商業音楽科の方は、レコーディングエンジニアとか、音響とか照明とか、運営とか企画の仕事をしたい人たちで。

銀色　うん。

冨田　僕はその商業音楽科の方の、講師をしていたという感じです。

銀色　なんでそれをすることになったの？

冨田　……ソニーを辞めたんですよね。ソニー・ミュージックというところに4年間いて辞めた時に……、パッと完全に辞めて、完全に忘れていくということにちょっと抵抗を感じて、なんとなく、その……シェアをするということを……欲していたんですかね。で、まず専門学校に行って話だけでも聞いてみようと思って行ったら、今言ったような授業を考えているんだけどやれる人が見つからなくて……というので、学校を見て、話を聞いて、おもしろそうだと思ったからやり始めた、という。

銀色　もともと好きだったの？　イベント制作みたいなの。小っちゃい時から。

冨田　小っちゃい時からですね。中学校で学級委員やったり生徒会長やったりしていたので、そういうのは好きでした。中学校の時から。

銀色　じゃあさあ。最初っから聞きたいんだけど、イベント、ってなに？

冨田　なんでしょう。渦とか、場とか、そんなイメージです。同じ時に同じ場を共有する機会、みたいな感じですかね。

銀色　うん。

冨田　だからそれは雑誌とかテレビとか、そういう媒体とは違うもの。
その場を共有する。
その時間にそこにいる。
その時間にその場所にいるということを約束して集まった人たちの間で起こることを共有する場。

銀色　うん。……いろんなのがあるでしょう？　イベントって言っても。

冨田　はい。

銀色　そしたら……、ふたりからでもできるし、今世界中で起こってることもイベントであるといえば言えるわけだよね。

冨田　そうですね。

銀色　それはまあ、いいか（笑）。それはいいとして、えーっと、じゃあさあ、こういうのをやりたいと誰かが思って、それを実際に企画して実行する、そのやり方を知ってるということだよね？
どうすればいいの？　それにはどういう要素があるの？

冨田　ふふ。

銀色　まず最初に、こういうことをしたい！　っていうある誰かの熱意とか希望があるじゃん。そこから始まるでしょう？

冨田　そうですね。6W2Hという考え方があって、WHAT、WHEN、HOWとか……。それを定めるところの一番最初の、何をするの？　どういう目的で？　というところが見えてきて、コンセプトが見えてきて、じゃあ夏頃にとか、じゃあ昼だねとか、出演者はこれぐらいだから予算はこれぐらいだねっていうところが決まっていく、その一番最初のところをいかに揉み込めるかというのがポイントで、今言ったような整理をする前に、僕は専門学校に入って来た学生に一番最初に共通して出したテーマが、自分のやりたいことを100個書く、っていうのをやりましたね。そこで、いいイベントをやろうとするという考えを1回外すんですよね。自分の中で規制をかけて、やりたいと思っていたはずが、こういう理由だからできない、っていうふうに押さえているブロックをまず外すというのが、たぶん、イベントというのを実現していく上で最後まで残る重要な要素だと思うんですよね。

銀色　うん。

冨田　できるかできないかは関係なく、どうでもいいことから大事なことまで、なんでもいいからとにかくたくさんアイデアを出してくれっていうふうに質よりも量を要求して、たくさんやりたいことを書かせる、みたいなことをしてました。

銀色　けっこう、それでおしまいなんですけど。僕がいちばんやらせたいことは（笑）。

冨田　うんうん。そこからさらに形を整えるやり方がいろいろあって、重要度が高いと思うものに赤でチェックしたり、似てるものをくくったり、さらに揉んでみたりとか、特にやりたいことを10個選んでみてとか、今年中に達成したいことはとか、専門学校でやっていくことと関連するものをあげてみて、自分でやりたいイベントと関連することをあげてみてとか、いくらでも、それは状況状況でできるので、そういうことをやったりして。

銀色　うん。

冨田　僕は、イベントがどうしたらできるかは知らないんですよね。正確に言うと。知らない、つまりそれはなぜかというと、君にとってイベントすることの目的は何で、何が成功と思っているか、またはそれをやったあとにそれを成功と感じるかどうかは僕がこれが成功だと信じているかどうかとはまた別のところで起こったりするので、むしろ、僕は知らないし、みんなも知らないけど、ちょっと変な表現をすると、その中で体験を促進する、それぞれが自由に自分のやりたいことを表現していいという場を作り、失敗してもいいからとにかく責任をもってひとつのイベントを作る、ということをする。それを促進するために、そうやって話を引き出したり、アイデアやりたいことを引き出したり、それを形にする方法を提案したりして、それを取り入れてやっていくのを促進する。あくまでもその学生が実体験をして、教わったのでなく自分たちで考えて、やって、なにか起こした。イベントをやったと。そうするとそのフィードバックを僕のせいにせずに、すべて自分たちの中で消化することが求められてくるので、成長度も高いかなあと思って、そういうことをやった。

銀色　促進ですね。ファシリテーションっていうんですかね。……コーチ。コーチとファシリテーションが理想だと僕は思ってて。教えるコーチではなくて、相手が何をしたいのかを聞いたり、やってみてどうだったかを聞いたり、とにかく、聞いて、聞いて、考えさせていく。

冨田　……例えばね。具体的に、音楽のライブをやるとしたら、どんなふうにやったらいいの？　場所を探すとか？

銀色　うーん。……人によると思うんですけど、あと状況によると思うんですけど、イメージが浮かぶんであれば、僕だったら絵を描いちゃいますね。パーッと。

冨田　なんの？

冨田　イベントの会場の。当日の。
銀色　ああ〜。
冨田　で、人がどれぐらいいるかとか、それでわかるじゃないですか。外なのか、中なのか。
銀色　うん。
冨田　じゃあ、これを具体的に言葉にしていこうか、って。人数はどれぐらい、予算はどれぐらいかかるか、とか。また、いつ頃やりたいかによって、限界があるじゃないですか。3週間後にやりたいってなったら、10万人集めるのはちょっと難しいけど、来年の秋だったら、どんなことでも本気でやればたぶん実現する、みたいな。その辺の整理をしつつ、……会場に関しては、当たるのは早い方がいいと思うんですよね。僕だったら、優先順位的には、とりあえず日にちと会場は仮押さえしといて、来てほしいと思う人には先に声をかけといて……。
銀色　会場ってさあ、だいたい土日って1年以上前から予約でいっぱいだよね……。
冨田　それは、自治体にもよるし、運営が私営なのか公営なのか……。
銀色　でもだいたい土日、押さえられてるよね。
冨田　けっこういろんなところがありますからね。たとえば？
銀色　私、東京で会場を探そうとしたんだけどね、いっぱいだったよ。

冨田　うーん。そうかもしれないですね……。なんとか会館とか狙い目ですよ。安いし。けっこう借りやすい。

銀色　あのさあ。ホール（会館）とライブハウスって違うじゃない？　私も最近、いろいろ知ってきたんだけどさあ、初めて（笑）。ライブハウスって、照明とかPAとかついてるでしょ？　でもホールとかはなんもなくて、安いよね。借りるだけだったら。ライブハウスと比べたら。でも、照明とかPAとかつけなきゃいけないでしょ？

冨田　そうですね。

銀色　それを私、最近知ったの。

冨田　関わる人間と、自分たちの持ってるものによって、会館でやった方が安く済む場合があるんですよね。身の回りに音響もってる人がいるとか、オペレートできる人がいたりするとか。でも全部雇うんだったら、当日全体を仕切るの大変ってなったらライブハウスみたいなとこの方がらくですよね。気がねがないというか。

銀色　ぜんぶそろってるんだよね。人も機材も。

冨田　でもそのへんはけっこう微妙で、温度差が出たりする場合もあるんですよね。

銀色　どういうこと？

冨田　当日までみんなで準備してきたスタッフと、当日ただ会場貸しをして事務的な感じでいるライブハウスのスタッフ、みたいになる場合もあって、そうするとその温度差がぎくしゃくした感じになることもあるから、みんなで作っていく感みたいなのは、更地のところから作った方が、そういう空気は出やすい……。

銀色 音楽じゃなくて講演会は？ どういうことが必要なの？ 場所と……。

冨田 人数ですよね。まずどれくらいのイメージか。

銀色 スタッフは誰が必要なの？ あんまりいらないの？ 講演会は。

冨田 人数によりますね。

銀色 警備とかそういうの？

冨田 いや、20人とか30人の会だと、受付がいる、物販がいる、司会進行がいて、出演者がいて……ぐらいでいいかもしれないですけど、200人とか300人の会場になると、お客さんを誘導する人がいたり、受付も2人か3人いるかもしれない、ゲストあつかいの人とか、一般の人とか、物販、チラシ置き場を作るんだったら机とか椅子とか出す人がいる、明るくしたり暗くしたり、照明係がいる、マイクとか出したり椅子とか出したりするステージのことをやる人が必要になるかもしれないし……、やっぱり会場の規模と来る人数によって変わるし、あと、プロジェクター使うとか、パソコンを使ってなんかやるとか、ユーストリームで配信するとか、いろんなことが増えれば増えるだけ、それに付随する人の人数が増えますね。

銀色　プロジェクターをもし使う場合さあ、それを操作してくれる人が必要なんだよね？

冨田　そうですね。

銀色　それはなんていう種類の人なの？　プログラマー？

冨田　種類でいうと、今、あんまりなくて、というのはプロジェクターがけっこうだれでも手軽に使えるようになってきてるので。

銀色　個人でね。

冨田　昔は映写技師とかいて16ミリとか回して。今もそういう業種はあるけど。今は個人で持ってる人が持ってくるということが多いですね。業者さんに来てもらうってめったにないと思います。

銀色　ちょっとパソコンとか扱えたらできるもんね。

冨田　そう。位置とかね。角度。台形にならないようにするとか。暗すぎないようにすると か。それけっこう重要で、映像って同じ映像でもすっごいはっきり明るく見えると明るい映画に見えるけど、ぼやけて暗いと暗い映画に見えるっていうのが、実際、同じ映画を100ヶ所以上で上映してもらってすごい感じたので。

銀色　じゃあ、やっぱり、ちょっとうまい……うまいっていうか、慣れてる人がいいの？

冨田　……いいし、気持ちの問題でもあると思うんですよね。こだわってちゃんと画質調整をしてくれる人と、つながればいいやみたいな感じで、はいできた！　っていうような人がいて、そこはやっぱり人を見て判断というか、この人、丁寧にやってくれそうだなって思ったら、たぶんうまい下手関係なくちゃんとやってくれると思う。あと普段から映像やってる人とかね、上映会やったことがある人とか、そういう人がいれば。

銀色　あのさあ、いろんなスタッフが必要でしょ？　何かやろうとすると。そういう人たちを探すのってどうやったらいいの？

冨田　期間にもよると思うんですよね。どれぐらいで準備して、今からやって秋にやるとか、夏にやるとか、一ヶ月後とか……。

銀色　そんな急いでない時。余裕がある場合。

冨田　そしたら、僕の勝手なイメージですけど、5人ぐらい、まず、そのことについて関わってくれる人を自分を含めて集めて、そこで話を揉んでって、どんな人が必要かっていうのをみんなであげて、そういう人が知り合いにいるかとかってあげていくと、検索能力が一気に5倍×5倍ぐらいになるので、それぐらいの少人数でとりあえず2回とか3回ミーティングしていくと見えてくると思うんですよね。必要な素材リストというのをとりあえず作っていくと。物と人ですよね、それをまずあげていくと、けっ

銀色　こうさくさく見つかるかもしれない。
私、去年、なんかやろうと思ってさあ、人を紹介してもらったの。で、その人、一生懸命やってくれたんだけど、その人と私の仕事が合うと思えなくて……。違う気がする、って。ただ機械的にやってくれればいいっていう内容のことだったら、その人の人間性って関係ないでしょ？

冨田　そうですね。

銀色　でも、本当にじっくり、長く関わってやっていきたいと思うんだったら、この人とだったらやっていけるっていう人とやりたいじゃん。

冨田　そうですよね。

銀色　この人だったらいいって思う人を探すのって、大変だなって思ったの。自然に出会って、この人はいいから一緒に何かやりたいって思うんだったらいいけど、先にやることを決めちゃって、それに間に合わせるために急いでスタッフを探したから、ちょっと理解しあえてないけどやんなきゃいけなくなって。そういうやり方は、やっぱり嫌だなって思った。急がなければそういうことは起こらないんだけど。理解しあえない……。

冨田　そうですね……。なんか僕は、生徒会とか専門学校ってところの癖がついてるんで、相手が誰って関係なく、育っていく過程としてものをみてしまうので……。

銀色 ああ。

冨田 みてしまうっていうか、みるようにしてるので、すっごく頭にきた後に、ちょっと冷静になって落ち着く場所がそこだったりするんですよ。

銀色 どこ？

冨田 この人は今、そこを学ぼうとしているんだなって。

銀色 ああ。

冨田 ただ僕も嫌なものは嫌なんで、棲《す》み分け、みたいなこと、ちょっと一緒にはできないなみたいなことは思いますけどね。自然に一緒にやらなくなっていきますね、そういう人とは。自分がはっきりしていると。はっきりするようにしてないとむずかしいですけどね。あんまり期待をしないようにしつつ、チームそのものにも依存しないというか、自分の肩書きを「〇〇チームの冨田」とせず、あくまでも独立した個人としてチームとも関わっていく。そうすることで他人に同化せずに客観的になれる。そしてその分、チーム内で起こったことに対して全力で関われる。

銀色 うん。

冨田　イベントとかワークショップって、考えるとすごく面白くて、この世の中自体がイベントみたいなところもあるし、イベントを作ること自体がそれぞれにとってワークショップだったりするので、僕は結構、それに意味があるとすごく思ってるので。

銀色　うん。

冨田　ものを一個作っていくプロセスを共有する、ということ。ポイントとして、イベントする時のコンセプトとか思いとか目的の部分を、いかに最初に共有できるかとか、または話し合いの途中で目的が変わったりする過程もお互いに共有して、こういうことだねっていうふうに分かち合う過程に、ある程度時間をかけておけると、そのあとにいろんなことがあっても、ブレにくくなる気がします。みんな自分なりの着地点を勝手に見つけていくので、何かが気に食わなくなったりとか、経費とか出演料とかいろんなものに関するセンスとか価値観っていうのは、本当にひとりひとり違うので、このイベントの中ではこう捉えるっていうところが不明確だと、すっごいそこでブレたりして、だれがどこでどうブレたのかが不明確だと、わけわかんなくなっちゃうんで、そこも含めて、けっこうきっちりみんなでいろんなことを共有していかなきゃいけないなあっていうのは、やってく中ですごく思うことですね。

銀色　私ね。私のことで言うと、私はお話会っていうか、ひとり語りっていうのをやろうと思ってて。それをいろんなところでやりたいの。……将来。

冨田　その場合、どうやって……（笑）。どうすればいいのかな？　場所をまず探すのかな？　やる場所を。

銀色　うーん。

冨田　それとも、イベンターみたいな人と出会う？

銀色　人数の規模はどれくらいのイメージなんですか？

冨田　それもね、さまざまでいいと思ってるんだけど。100人とか、その場所によって違うんだけど。200人とか、50人とか……、もっと少なくても……。

銀色　……で、何ヶ所、ぐらい……。

冨田　日本のいろんなところに、行ける時に行く、みたいな。

銀色　……年に何回ぐらい。

冨田　それもね。気ままにやろうと思ってるから。長く続けたいの。

銀色　だから、まあ……、はっきりはわかんないけど、数回。遠くに行くのは。

冨田　年に数回。

銀色　うん。

冨田　それはたとえば、福岡に年に数回行くとかじゃなくて、福岡行ったり、仙台に行ったり、どっかに行ったり、全部で年に数回。

銀色　うん。

冨田　……来年からですか？

銀色　一応、東京は今年からやるんだけど。

冨田　いつですか。

銀色　8、9、10。

冨田　8月、9月、10月。

銀色　うん。

冨田　それは……だれかイベンターというか、仕切る人がいるんですか？

銀色　私たち、2月に一回、自分たちでやったのね。それでわかったの、だいたいやり方。で、すっごくシンプルに最小限度にするのが私は好きってことがわかったので。ものすごくシンプルにするの。だから自分でやるの。

冨田　……で、2月にやった形でできそうって感じなんですね？

銀色　2月にやったのよりもっとシンプルだから、もっと楽にできる。

冨田　主催は自分たちなんですか？

銀色　うん。

冨田　主催、運営。スタッフは？

銀色　……スタッフって、何の？

冨田　受付とか。

銀色　受付は、知ってる人に頼んだ。

冨田　何人ぐらい。

銀色　前の時は物販もやったから、けっこう……7〜8人ぐらいに頼んだけど、今度は物販もやらないから、受付も2人いれば大丈夫。照明も、地明かりでいいの。私がひとりいて、スポットで。ＰＡもいらないの。だからスタッフはほとんどいらないの。4月にやった時のは、ほとんどだれにも頼まず。その会場にもともといるおじさんっているじゃない？　本当はそのおじさんはやってくれないんだけど、ひとりだけスタッフがいるのよ、私にね。その子が教えてもらって照明を点《つ》けたり消したりしてくれたんだけど、おじさんが後ろに来て手伝ってくれたって言ってた。スーッときてやってくれたって。

冨田　ふうん。

銀色　それはいいんだけど。シンプルにできて、だれにも頼まないから、そこは知ってると

冨田　こだからいいんだけど。遠くに行く時はわかんないじゃない？
銀色　うーん。広報とかは東京ではどうしてるんですか？
冨田　……広報って？
銀色　告知。
冨田　告知？　……自分のホームページと、ツイッター（当時）。
銀色　だけですか？
冨田　うん。
銀色　すげえ。
冨田　だってファンの人にだけ伝わればいいから。
銀色　今回は何人だったんですか？
冨田　280人。
銀色　……280人。だいたいいっぱいぐらい？
冨田　うん。
銀色　そっか。……うーん。たぶん、いちばんのポイントは広報だと思うんですよね。その地域でその時にある、っていうことを知らせる。多くの場合はイベントってチラシなんですよね。チラシとか地元のメディアとか。

100人以下、とか200人、300人ぐらいだと、地元のなにかネットワークの中でメールで流れたりとか、チラシがお店にあったりとか、イベントでチラシが配られたりとかが多くて、で、メジャーなアーティストとかになると、地元のFM局とか、地元のフリーペーパーも利用してとかが多いんですよね。

銀色 それはさあ、そういうことやってくれる人に頼むの？

冨田 うん。主催してくれる人を各地から見つけるっていうのがいちばんいいですよね。

銀色 そうだね。

冨田 ドキュメンタリー映画の上映活動なんかでも、映画の上映主催者を募集します、っていうふうに、主催者を募集する方法があります。そうして、各地で映画の上映会を主催したい人が自分で考える。全部。たとえば映画だと、一日上映するのに上映権料が10万円です、と。そうすると、会場使用料や上映権料と、その他かかる経費をペイできるように、たとえばチケット代1000円にして、200人入ればペイできるなみたいな、で、頑張ってみんなでチラシ作ったりチケット売って、当日来てもらって。

銀色 うんうん。

冨田 やりたいっていう人がいたら、そこでメールで相談しながら決めていく、みたいな。連続……、たとえば福岡に土曜日に行って、帰りにどこかに寄って、みたいな調整とか出てくる可能性があると思うので、……最初はマネージャーをつけない方がいいと思います。自分で調整した方が。たぶんコミュニケーションロスがないと思うんですよ。こういう話って、もめやすいんですよ。

銀色　どういうことで？

冨田　たとえば何月何日に広島に来てほしいという話が来て、僕にマネージャーがいるとして、マネージャーがスケジュール管理してるってことをみんなが知らないと、僕に連絡してくるんですよ。で、僕がそこで「いいねその日」って言っちゃったとして、マネージャーがその話を知らずに他の話が来て、ダブルブッキングになってしまうとか。

銀色　でもそれはふたりのコミュニケーションが取れてればいいんじゃないの？

冨田　そうなんですけど。けっこう本数が増えてくると。

銀色　まあ、そうだね。タイムラグがあるよね。

冨田　判断のタイムラグがどっちにしろ出てくるので、自分で調整していって、これは手一杯だなとか、ここは人にまかせたほうがいいなってことがわかったうえで誰かに引き継いだ方が、どの部分をどれだけ引き継いだ方がいいっていう判断ができるじゃないですか。いきなりだれかにふると、その人の裁量で、その人のセンスとか性格が反映されまくってしまうので、まさに当たり外れが出ちゃうので、最初は自分で調整して、ああ、こういう感じで話が進むんだなっていうのがわかっておいたほうがいい。し、自分のペースで仕事ができる。誰かのペースにあわせすぎると、コミュニケーションが早くなったり遅くなったり振り回されることもあるので、一回自分でペースを作ってから、引き継ぐなら引き継いだ方がいいと思いますけど。

銀色 うん。

冨田 でも、年に10本以下だったら、自分で、だれかとやる。だれかひとりぐらいが補佐にいて……。うん。あんまり大変じゃないと思いますけどね。
自主上映会、とかで検索すると、いろんな映画の自主上映団体を募集します、とかの要項が出てくると思うんですよ、そういうのを参考にすればいいかもしれない。

銀色 ……あのね、また全然別の話なんだけどさあ、たとえば音楽で生きていきたいっていう人がいてね、でも、メジャーデビューとかするんじゃなくて、コツコツ歌を歌いながら……。音楽で生きていくのは大変だとしても、なにか音楽に携わって生きていきたいと思ってて、で、月1回ライブをするぐらいはしてる、として、そういう人たちってさあ、頑張れば……（笑）、どうすればいいんだろう。

冨田 その人がどんなビジョンを持ってるかによるでしょうね。

銀色　そうだよねえ。

冨田　どんな状況であっても、生活の中に音楽さえあればいいんだっていう人もいれば、ステージに立っていたいっていう人もいるし。どっちにしてもいつのまにかそのへんが不明確になっていくと、しっくりこない感じになるってだけで。たぶん状況のせいじゃないって思うんですよね。もし、こんなはずじゃないのに、って思うところがあるとすれば、状況ではなくて、曖昧になっているヴィジョンをクリアにすることが大事なんじゃないかなって思います。そこをクリアにすることによって、たとえば音楽スタジオで働きながらとか、なにか音楽に関わることをしながらとか、インターネットに月に一回、曲をアップしながらとか、CDは自主制作で作りながらとか、落ち着きどころが変わるとは思うんですよ。

メジャーデビューしたいとか、そういう夢があるとするんだったら、とにかくあきらめないことしかないですよね。いろんな入り口があって。……だと思いますけどね。

銀色　うん。

冨田　……でも僕はやっぱり、今ホントに、セルフマネージメントとか、セルフプロデュースっていうのが、この時代を楽しくサバイブするキーだと思っているので、セルフマネージメントの部分、セルフコーチングと言えるかもしれないし、セルフファシリテーションと言えるかもしれないけど、自分を引き出すって作業をすることでアートはアートになると思う。

銀色　自分でいろいろ考えた方がいいっていうこと？　自分をどうしようか、どういうふうに自分を見せようかとか。

冨田　そうですね。全部、自己責任で、自分で勉強していくっていうスタイル。ニーズが具体的になればなるほど、望む現実を自分に引き寄せやすいと思うんですよ。具体的にこういうことを求めるけど、ここは自分は持ってない、足りない、こういう人材が必要だってことが明確になれば、自分にできないことだとしても、それを自分に引き寄せる、ということになると思うんですよね、結果として。だから全然、いけると思いますけど。

銀色　いけると思うっていうか……。

冨田　ふふふ。何が？

銀色　人が、何かになりたいんだったら（笑）。

冨田　ああ〜。でもさ、今って、ライブをやってもそんなに収入にならなかったりするでしょ？

銀色　やり方だと思うんですよね。

銀色　そうなんだ。私、なんか、よくわかんなくってさあ。……いっぱい人が来れば大丈夫なのかな？

冨田　やっぱりそれもやり方で、極端なことを言えば、警察に追い出されない場所で、すっごくお金入れてもらいながらストリートライブで稼ぐ方法もあれば、20人、30人いつも入れてるんだけどライブハウスのノルマを達成できなくて交通費もかかって、結果赤字で、バイトしながらっていう人もいるし、ＣＤをとにかく手売りしてそれで稼いでツアーを回ってるミュージシャンもいるし。ライブハウスじゃなくて、カフェみたいなところの方が収入的にいいって場合もあるし。

銀色　ライブハウスって高いよね。一回借りるのに。何十万とか。

冨田　うん。でかいとね。

銀色　まあ、いろいろなんだろうけど……。

冨田　いろんな形で。30人、40人の規模で食べていけるミュージシャンもいれば、１００人、２００人、入れてても食えない人もいるし。

銀色　えっ！　30人、40人でも食べていけるって、それ、月何回ぐらいやったら？

冨田　10回とか20回とかやっても、２万〜３万、毎回入って、ＣＤも売れたら……。20万〜30万にはなるでしょ？

銀色 えっ！　それでもやっぱり、月20回もやらなきゃいけないの？

冨田 やりたい人はそういうやり方をしてますよ。

銀色 小《ち》っちゃいとこでもいいから、ずっといつもやってるみたいな……。

冨田 そういう人もいますよ。

銀色 いろんなとこで？　それとも同じとこで？

冨田 いろんなところで。

銀色 ……そういう人はとにかく、歌うのが好きなのかな。

冨田 そうですね。音楽して、ツアーして回るのが好き。メジャーのミュージシャンでも、レコーディングしてるか、曲作ってるかツアーしてるかみたいな人、けっこう多いですよね。音楽が本当に好きなんじゃないですか？　いろんな形で。レコーディングするのも好きだし、楽器を選ぶのも好きだし、歌を聞かせるのも好きだし、だからそういう生活……。
僕が本当に思うのは、プロのミュージシャンの人たちって、四六時中プロのミュージシャンなんですよね。プロのミュージシャンの意識で生きてるんですよ。

銀色 うん。

冨田 プロのミュージシャンの意識でアンテナを張ってるし、プロのミュージシャンの意識で物事を選択してるし、考えてるし、ものを言ってるので、そうなっていくんですよね、現実が常に、ずっと。

だから僕はそういう意味で、自分をどういうふうに持って行くかというのに近いなって。

銀色　いつでも話せる準備をしている人が話のプロだし、突然、何かをふられた時にあわてちゃうっていうのはやっぱり日々、準備できてないってことで。今、ステージを用意されて、いつでも歌えるかっていうようなこととか。いつも次のステージの準備をしているみたいなモードになってたりとか。そういう……ことなのかな。

冨田　でもさあ、セルフプロデュースとかまでちゃんとするとなったらさあ、コミュニケーション能力とかがあんまりないミュージシャンってむずかしいよね。

銀色　いろいろじゃないですかね。それが味っていうか、それでもカリスマ性というか、すっごい惹きつける力があって。

冨田　いるよね！

銀色　スタッフ、バンバン変えながらずーっとやってく人もいれば……。

冨田　あるよね！　ボーカルがものすごく変人だけど魅力があって、グループのみんなが支えてるってあるよね！　けっこう。

冨田　うん。担当がはっきり見えてればうまくいくんじゃないですか？　そういう破天荒な人がいつつ、その人が出すコンセプトがすごくいいから、でもそれを彼に仕切らせるとぐちゃぐちゃになるんで、まわりが仕切っていくとか。いろいろバランスがあるから、それはもう運命というか……（笑）。

銀色　そうだよね〜。このあいだ……。あるミュージシャンがいて……。頼まれたんだけど、スタッフが……。スタッフって大事じゃん！

冨田　うん。

銀色　スタッフがダメだったのよ。ダメっていうのか……、あせってる感じ。ミュージシャンは素敵だったけど、あのスタッフ、プロデューサーなのかな。あの人。ミュージシャンが理解されてないっていうか。かわいそうだと思った。スタッフのせいでいろいろうまくいってない感じがした。

冨田　多いですよね。

銀色　多いよね。なんかスタッフとうまくかみあってないっていうのが。でもそれもやっぱり彼らの運命なのかなって思ったりして……。

冨田　まあ、全体的なとこでもあるとは思いますけどね。社会っていうか。

銀色　まあね。

冨田　業界全体の。スタッフ自体がすごく会社から押さえつけられていたり、クリエイティビティを殺されてる場合もあるでしょ。会社全体がゆがんじゃってるというか……。

銀色　なんかね、音楽の世界って変な人が多いんだよね。

冨田　多い。

銀色　やっぱり？　でね、それに比べたら出版界っていい人が多いのよ。

冨田　多い。

銀色　やっぱり？　私が知ってる人は数は少ないんだけど、上品で丁寧な人が多くて、それで結構来たから、でも音楽の世界も昔は知ってたから、知らない世界ではないはずなんだけど、最近、また関わり始めたらさあ、えっ？　……これでやっていけてるの？ っていうぐらい、驚くほど、人としてダメじゃんって思うような非常識な人が多くて。失礼なこともされたし。なんか……すさんでるのかなって思った。

冨田　そう思う。ストレスとか、マヒとか、迎合しなきゃいけないとか、売れるものを追求する……当たり外れの振り幅が大きいじゃないですか。

銀色　うん。

冨田　出版業が農業だとすると、音楽業界って漁業みたいな、当たり外れがすごいでかい、みたいな感じがする。投入する額も大きいし。僕はここにいたらおかしくなるなと思って辞めたっていうのが大きかったです。自分を正当化するわけじゃないですけど、ちょっと、むちゃくちゃに感じた……。あと、早い。スパンが早すぎる。メジャー音楽業界の商品の入れ替わりのスパンはちょっと無理があるように思いました。

銀色 あとさあ、欲望が渦巻いてるじゃん。あれも私、あんまり好きじゃないんだよね。売れてる人のまわりとか。売れてるもの、売れることに対する。

冨田 たぶん、本以上に、たくさん買わせなきゃいけない業界だから、たくさん買わせようエネルギーが欲を煽るんじゃないかな。自分たちもすごく消費しますよね。すごく消費する世界だなあと思いました。最初。衣装の買い方とか。もちろんみんなじゃないんだろうけど、お金の遣い方がすごいなあって……。どちらかというと草食っぽい、出版は。繊細っていうか。

銀色 音楽業界の中にも、好きな友だちや素敵なミュージシャンはいるんだけど、その人たち以外のなんか全体的な感じがね……。

冨田 ……お話会は今、すごく旬だと思いますよ。旬っていうのは、流行《はや》ってるという意味じゃなくて。需要と供給が、精神的な部分でもすごくあってると思います。

銀色 求められてると思う。本当のことを言う人の話を聞きたい、みたいな。そういうのがあるんじゃないかな。たぶん。

冨田　福岡とか……、どのへんを狙っていらっしゃるんですか？

銀色　いや、別に狙ってないって（笑）。

冨田　ぜんぜん漠然としてるんですか？

銀色　そうそう。まず東京で慣れてから、そのうち自然にそうなったらいいなあって。たぶんそしたら、自然になにかできるだろうと思ってる。

冨田　そうですね

銀色　私はイメージだけ持ってるの。いろんなところに行きたいなっていう。それでいいかなって。具体的な方法はその時に自然に生まれるような気がする。そういうふうに言っとくと、そういうふうにしたいっていう人が……。それをしたいっていう人に出会えばいいわけでしょ？　それをしたいっていうんだから両方うれしいじゃん。だから私はこういうことをしたいって、たまになんかで言っとけばいいのかなって。

冨田　そうですね。で、事前トラブルシューティング的にいうと……、たとえばあまり慣れてない人とかだとよく起こるのが、最初は自分がやりたいっていって手を挙げたのに、だんだんいっぱいいっぱいになってきて、そのいっぱいいっぱいがすごくいっぱいいっぱいになって、プレッシャーみたいに、入らなかったらどうしよう……とかなった時に、私はやりたくてやってるのかしらみたいになっていくとか、ないはずのプレッシャーを自分の中で作っちゃうというケースが結構あるので、そこを、別にどういうふうになってもいいんだからねみたいな言葉をかけたりして、ほぐすというか……。

銀色 ……私が慣れてないから、慣れてる人がいいかなと思うんだけど。

冨田 そうですね。慣れてない場合は、慣れてなくても人って入るので、お互いが慣れてないってことをさらけだしながらやっていけば問題ないと思いますね。すごくうまくいくと思います。その場合。

銀色 それはそれでまたおもしろいもんね。それ自体が、ひとつの出来事。

冨田 アイデアを出して、こういうふうにしたらいいんじゃない？ みたいな、わかんないけどさ、やってみたら？ やってこうでした、っていう専門学校的なノリでやってしまえばいいと思いますけど。僕はとにかくそこに場ができさえすれば、必ずそれは成功になると思うので。

銀色 うん。私も。

冨田 あとは、メンタルが折れないことですね。主催者のメンタリティが当日までなんとか折れなければ、人数が多かろうが少なかろうが、当日は必ずいい形になるので、誰かの気持ちがぶれた時に、しっかりそこをケアできれば。

銀色　メンタルが折れる可能性ってどんなことがあるの？

冨田　私やっぱりできません、みたいになったりとか。頑張りすぎて抱え込みすぎちゃうって傾向が女性に結構あるんですよ。特に100人超えるぐらいになると……。20〜30人でもあるから、規模は関係ないんでしょうけど。でもそういうのって通過儀礼みたいなものだから、僕は結構好きなんですけどね。

銀色　……そういう人がいたらどうするの？　励ますの？

冨田　いや、ただ見てるのがいいと思うんですけどね。目的さえブレなければ。当日に自分もそれ以外のスタッフもイベントに来る人もみんなが楽しんでいるとか、うまくいくという、いいイメージを持つことからブレないというところに自分だけでもいれば、何かをきっかけにイベント全体が大きくブレるということは起こりにくいと思います。そこだけだと思います。僕はそこをすごく思いますね。自分が主催でも誰かに主催してもらって行く時も。ヴィジョンキーパーというか。そこを僕がブレずに持ってると、あわてた人もハッと我に返れるというか。僕が我に返っていることがポイントで。それはひとりでもいればいいんだなって思います。ひとり落ち着いている人がいれば、船の上は安泰だと……。

銀色　冨田さん、パニックになったりすることある？

冨田　わかんないですね。ないのかな、あるのかな……。
銀色　あわてることは？
冨田　あわてることはありますよ。
銀色　それは物理的にでしょ？
冨田　物理的に。
銀色　精神的には？
冨田　精神的にもあるんじゃないですか？
銀色　どういう時？
冨田　遅刻しそうな時とか、電車に乗り遅れそうな時とか、寝過ごした時とか。
銀色　そうじゃなくて、どうしたらいいかわからない的なパニックはない？
冨田　ああ〜、ないかもしれないですね。どうだろう。なんともいえないですね。なんとかしちゃうしかないですもんね、だって。
銀色　じゃあ、だいたいいつも、問題点はわりとすぐわかるって感じ？　何かが起こった時。
冨田　僕、リフレーミングするって解決策の方が多いかもしれない。フレームし直す。物事をとらえ直す。ああこれはたぶんこういう意味があって心に残ったんだなとか、ここはあんまり執着しない方がいいなとか、こういう出来事が起こったっていうことはこういうことがもっとでかい規模で起こりうるってことを教えてくれてるんだな、とかっていうふうにとらえたり、自分の今の感情を、こういう感情が起こるっていうことを体験するためにあったんだなって……。

銀色　それは、かなりすぐに切り替えられる？

冨田　切り替えなきゃいけないって、すぐ思うんですよ僕、目立つし、進行役とか、司会とか、僕が場を保つっていう機会がほぼ毎日なので。イベントの中で。僕がいい仕事をしやすい環境を作るために、そう思います。

銀色　仕事以外で、個人的に、感情的になかなか切り替えられないとか、感情的にひきずるとかっていうのはないの？

冨田　あると思います。でもそれを傍らに置いとくことを求められることが多いんですよね。たとえば話をする時に、なにか気にかかることがあるとか、携帯が今、壊れてるとか。

銀色　うん。あはは。

冨田　それは本当に、復活しなかったら連絡取れないどうしよう、と思ってる自分がここにいることは認めつつ、それはもうこねないで、メモしとく、っていうふうにして置いとく。

銀色 あ、電気代、ヤバイ。今日払わなかったら止まるかも、旅中だから僕はいいけど、家の冷蔵庫……なんて思っても、一瞬ドキッとしてあわてたりしても、懸念事項はメモしとく、みたいにして。そういう懸念事項の札をかけとくみたいな。それよりも今あわてて僕が、この場で何が起こってるかを見失ったり、ここから完全に意識が飛んでしまってイベントの進行がぐちゃぐちゃになっちゃったら、「みんなに迷惑がかかる」っていういい人的な視点じゃなく、僕自身にとって面倒くさいと。

冨田 うんうん。

銀色 そういうことがあるんですよね。丸く収めることができるって思い込んでるわけじゃないけど、丸く収めるための身のおき方と考え方を日常的に意識していて、その状態になるべくしておきたいっていう。……好みの問題かな。

冨田 じゃあたとえばさあ、憂鬱とか落ち込むとかは？

銀色 ……わっかんないですね……。最近ホントにずっともう……。

冨田 ないんだね、あんまり。

銀色 ずっと現場にいるって感じなので、この何年かはあんまないんですよ。機嫌が悪くなったりしますけどね。頭に来るとか、忙しくなっててイライラするとか。ただ、そういう体験って記憶にどんどん蓄積されていくので、そこからどう克服したかっていうことも含めて、精神的な振り幅がでかい体験もあった分、その経験が積み重ねられていくという……。

銀色　じゃあ、なに？　……あのぉ……しあわせ？（笑）

冨田　しあわせです……よ（笑）。……うん。しあわせっていうか……楽しいですね。

銀色　楽しいんだよね。きっとね。しあわせってまたちょっと違うもんね。しあわせっていうか、楽しいんだね。だって楽しくなかったら、なんで楽しくないのかなって考えて、楽しくなくなくなれるもんねきっと。

冨田　楽しくなくなく、なれますね、きっと。

楽しくないって、ひとつの逃げ場ですからね。楽しくないっていうのは、すごく口実にしやすい言葉だなと思うんですよ。楽しくないからこうしてるんだって言って、いろんなことを正当化できるじゃないですか。暴れたりとか、ケンカしたりとか、仕事休んだりとか、自分の体を痛めつけたりとか、なんかいろんなことの理由にできて僕はそれはズルしてるんだなと、よく思う時がありますね。ズルの言葉。ズル休みに近いっていうか。

銀色　うん。

冨田　僕は基本的に休むのは好きじゃない。……くつろぐのは大好きですけど、基本的に毎日学校行くのとか苦じゃないタイプなんですよね。毎日勉強するのとかぜんぜん苦じゃないタイプなんですよ。

銀色　うん。

冨田　……単純によくしたいとか、漠然とした、よいって何かわかんないけど、より改善できるじゃんこれとか、ここができることだなあとか、ここはなんかいい形で展開するかもしれないなあとか、そういう視点で見ると世の中がすごくおもしろく見えるという、物の見方の好み？　に近いかも知れない。それによって立ち位置がここになっちゃう、ここがいちばんよく見える。

銀色　うん。

冨田　だからイベント大好きなんです。全体がよく見えるから。イベントを主催するっていうのは。そうするとひとりひとりの気持ちに入れるじゃないですか。受付の人の思いとか、お客さんひとりひとりとか、照明の人とか。けっこうくまなく見えるっていうのが、イベントを主催するひとつのおもしろさで、みんながそれぞれ何を体験して、全体で何が起こってるかみたいなのを、いちばん見ているのは俺、みたいな（笑）。その楽しさ、そのうれしさ。そういう時ってすっごい幸せを感じたりしますね。何かが起こってみんなが変容したっていうのをみんなで体験した、それはなんか、そこでそれが起こったとしか表現できない、でもなんかすごい変化したたし、イベントの会場を出たら現実に戻るとかじゃなくて、なんか変わったよね、このイベントを通じて、世界が変わったよね、影響でてるよね、それとも俺が変わっただけ？　そういうことにすらなってしまう力があると思うので。……って感じですね。

銀色　そっか。

……そのイベントが好きっていうのって、……何かが生まれて、何かが動いて、何かができる、何かが変わる、そういうのが好きってことみたいだね。たとえば地球が生まれて、できて、こうなって、っていうのに似てるじゃん。今言ってるイベントが好きっていうの。

冨田　そう。プロセス好き。で、プラス、だらだらとみんなで飲んだりするのって実はあんまり好きじゃないんですよ。それよりも隣におもしろそうな奴がいて、そいつと話し込んでて超おもしろい話になるっていう方が好きだったりする場合が多いんですよ。みんなでしゃべってワッハッハッてしてるよりは、さしで話す方が好きだし、または、何かひとつ決め事があったりとか、何かひとつの目的がある話し合いの場が好きなんですよ。

銀色　私もそうだけどさ、目的がないのに会うって意味がないよね。

冨田　意味、わかんないです。

銀色　私もなんのために会うのかがはっきりしない会い、会うことって時々あるじゃない？　そういうのがすっごく嫌で、はっきりしたいから、聞いたり……。

冨田　イベントってそこだと思うんですよね。場があって、何かが生まれる、プラス、程度の差こそあれ、ひとりひとりがなんとなくそこで集まる意味とかメッセージとか意図とかを意識しているっていう形で集まる。そこでみんなつながってるので、何か、起こることがそこにつながっていく、みたいな感じなのかな……。

銀色　そうだね。目的がね、ある、……っていう。

冨田　そうそう。意図。……それがおもしろいですね。でさらに、イベントって全体で共有できる意図プラス、マイ意図、みたいな、僕にとってのおもしろどころ……見どころ、みたいなものがあるわけですよね。たとえば、今日のイベントはエネルギーのことをみんなで勉強する話し合いの場を作ることが目的です、というのがありつつ、実はそのことを通じて今まで地域で古くから活動していた人たちと、最近新しく活動し始めたこの人とが上手《うま》くつながることが起こるといいな〜と思って企画しました、でもそれは表にはぜんぜん打ち出していなくて、でもそのことが大事だよねって話してた何人かはそのことを意識しながら当日を迎えて、そこですごいいい交流がふたりに起こって帰って行った時に、よかったね〜すごいいい話になってたね〜あのふたり、みたいな、ああよかった、ほんとうにああいう年配の人たちが若い人とつながったらいいなあって思ってたんだよね〜みたいな、ことになる。そういうひとつひとつといっぱいドラマがあって、なおかつみんなで共有できる大きなひとつのドラマがあるっていうのが、僕は特に好きですね。ひとりが成長するストーリーとか。

冨田　うん。

銀色　震災後とかもそういうのがあって。テレビを見るだけで情報を取ってて、ふさぎこんですごいネガティブになって家を出られなくなっちゃってたけど、言いたいことが実はすごくあってみたいな子が来て、イベント中ずっと黙ってたんだけど、最後にみんなの前で自分の思いを話して、みんながそれを聞いてくれて、それでその子が癒されたと同時に全体がすごいいい感じになったよね〜とか、なんかそういういろいろが、大きい規模であったり小さい規模であったりするのが……。地球と似てるかもしれないですね……（笑）。

銀色　そうそう。上の方……、雲の上から見てるみたいだよね。そういうのを見て、楽しんでる感じがあるね。

冨田　そう。監督とプレイヤーと両方やりたい、みたいな。司会ができたら司会をするのも楽しいし、たとえば銀色さんがステージで司会をしてて、僕は後ろでタイムキープをして、じゃあ、あと何分後に休憩です、とか、そういうところで見てるのも好きだし、自分がしゃべることをしながらそこを意識しとくのも好きだし、実際に全部仕切るのも好きだし、

銀色　どの役もできるってことなんだね。

冨田　うん。でも常に、どこを突然ふられてもできるようにしておきたいっていう、好みがあります。だからイベントでも、呼ばれて行って、全体で何時間かのイベントの中の30分話してほしいって言われても、当日着いたらタイムテーブルをなんとなく頭に入れといて気にしとく、みたいな。でもここの2時間ぐらいは会場にいなくていい、とかは判断したりしますけど。全体を把握したいっていうのが本能的にあるんですよね。……たぶんそれが本数が増えちゃう理由のひとつですね。とりあえず僕を呼ぶと形にはなるという漠然とした共通認識を持ってる人がいて。

銀色　形になるってどういうこと？　まとめてくれるっていうこと？

冨田　よくわかんないけどとりあえずイベントをしたいっていう状況でも、とりあえず形に。呼ばれるからには形にするって思うから。形にするには足りない部分があったら、こ

こはどうなってるの？　って聞くし。

銀色　どういうこと？　形にするには足りない部分って。このままじゃ、あれここは、って思うの？　企画の途中で感じること？

冨田　たとえば、まさに今日聞かれたような、プロジェクターが必要なことは知っている、とか、それも知らない、とか、プロジェクターを用意することが必要なことは知ってるけど、持ってる人は知らないとか、告知をする方法がわからないとか、でもわからないと言ってても、僕が「どんな人を呼ぼうと思ってるんですか？」とか聞くと、だれとだれとだれとだれって言って、その人に伝える方法は？　とかって聞いていくと、わかってくるんですけどね。そういうのを一回電話でパッと聞きだして整理しておくとか、とりあえずここまでまとまったらたたき台をメールして下さいとか言って、メールのやり取りを通じて整理していくやり方もあるし。

銀色　じゃあ、本当に初めてやるっていう人が多いの？

冨田　そうですね。最近は知り合いの人がすごく多くなってきたけど、最初の頃なんか初めてやる人ばっかりでしたよ。

銀色　ふうん……。

冨田　そうだなあ……。やっぱりお金の部分を曖昧にすると、お互いに気持ちよくないことがあったり。え？　交通費出ないんですね……？　来てくれてあたりまえみたいに思ってんのかなあ〜みたいになっちゃったりとか、でも実はお互いにそこを話してなかっただけみたいな場合もあるし、なるべくそこは変なすれ違いにならないようにしなきゃいけないし、大事なポイントだなあって思いますけど。

銀色　なんかワークショップやってるみたいですね。

冨田　なにが？

銀色　イベントを主催してもらって、出向いていくっていうこと自体が。

冨田　うん。全部そうでしょう？　生きることもワークショップみたいなものでしょう。

銀色　それもあるんですけど、もう少し範囲を狭めて考えると、地域ごとにイベントを主催できる人が増えるっていうことを目指してる、ってこともあるんですよね。

冨田　ああ〜！

銀色　銀色さんがさっきおっしゃっていたように、話を直接伝える場とか、自分たちが知りたいことを知れる場を自分たちで作れるとか、自分たちが必要だと思う話し合いができるとか、ワークショップのメソッドを知ってる人がいる、進行できる人がいるっていうことが増えてくことってすごく、世の中にとっていいことだなあと思っていて……。

銀色　じゃあ、人を育ててるの？

冨田　育てるというとおこがましいけど、一緒に育っていくという感じかな。それをしたいんです。だから僕のワークショップが減る、っていうのが長い目で見たときのひとつの理想でもあるんですよね。みんながワークショップできるようになって、僕のワークショップの数が減っていく、っていう。

銀色　ふうん。

冨田　そこでワークショップができる人を増やすという作業はやめてないっていう形ができればいちばん理想的。寄り合い、寺子屋的なものの新しいスタイルが各地にできていけばいいなあって思うんです。

銀色　うん。

冨田　けっこう、コミュニケーションの方法とか話し合いの方法っていろいろおもしろい方法があるので。日本にも海外にも。そういうコミュニケーション学、ファシリテーション学みたいなのが、学とかつけない日常的なフィールドの中でどんどんノウハウとしてシェアされていって、みんながそれを実践していくようになると、子供も大人もすごくおもしろい有意義なコミュニケーション、……目的が不明確でこれなんなんだろうな〜みたいな、ただただそれぞれのクセとか人間関係がでるだけの集まりが、有意義な場に変わっていく可能性ってすごくあると思うんですよ。

銀色　それ、どういうふうにすればいいの？

冨田　ただお互いが意見を言って終わっちゃうとか、平和とか憲法とか戦争についての会とかでも、お互いが思ってる戦争に対する文句をただ言い合って終わっちゃって、話は実はぜんぜんまとまってないみたいな会とかね（笑）。それって日常的な、みんなでちょっと飲みに行こうぜ！　っていうのと似てるっちゃ似てるじゃないですか。

銀色　うん。

冨田　だけどそこでたとえば、議論をしないで、相手の話を途中で遮らないで全部聞くって感じで、みんなの話を聞くっていうことを目的に話しましょうってするだけで、ちょっと雰囲気が変わったりするじゃないですか。

銀色　ああ〜。

冨田　あと、人の話を否定しないようにしましょうとか。

銀色　うんうん。

冨田　そういうふうにちょっと何かエッセンスを入れるだけで話ってすごく収穫のあるものになったりするし、でも常にそれをする必要はぜんぜんないと思うし。さっきの話を覆すようですけど、だらけた場もあっていいと思うんですよ。なんだかよくわからない沼のような状態で（笑）、ただただ一緒にいるみたいなのも、あっていいと思うんですけど、うまくそれを使い分けていくと、……ぼんやりとやりたいことがあるようだけどやれないなあ〜とか、夢はかなうのかな〜っていうぼんやりした状態が続くみたいな状況に変化が起こせるような気がするんです。

銀色　うん。

冨田　イベントの企画も、コミュニケーションも、僕は能力じゃないと思ってて、能力っていうか、天性のものではないって思ってて、言葉って後天的に、あとから覚えたものなので、その使い方っていうのはある程度のところまでは覚えりゃできるっていうところがすごく大きいと思うんですよ。でもそこが能力の違い、私は話すのが苦手、とか思ってるのがもったいないって専門学校でもすごく思いました。ひとりひとりが思ったことを自由に表現できるようなコミュニケーション環境を作るだけで、みんなすごく変わるので。本当に。全然性格変わったね、っていう変化を本当に何人も見てきたんで。ここ何年か。若者のそういう変化を見てきたし、イベントの力ってすごいって思いますね。

銀色　……それは、その人たちは、イベントを通じて変わっていくんだけど、それはイベントじゃなくてもいいんだよね。

冨田　うん。いいと思います。

銀色　でも冨田さんはイベントということを通じて、人が変わっていくことを助けてる。

冨田　そうですね。ワークショップとイベントというのは同じだけど、ワークショップということで言うと、ワークショップの場の中にさらに小さなイベントが起こるんですよね。たとえば、その人が今まで一回もしたことがない、想像の中にしかなかった草木染を体験して、そのあとに意識がすごく変わるとか、こんなに簡単にできるんだとハードルが下がる、というようなことがそこで起こるとしたら、そういうことも含めて僕は変化だと思うんですけど、そういうことって皿洗いの世界の中にもあるし、他のアルバイトの世界の中にもあるし、どんな局面にもそういう意味でイベントにとって代わるものはあると思うんですけど、……そうでないイベントが多すぎる、ということ。

銀色　うん。

冨田　つまり、ただ受け身で、判断のしどころは、よかったか悪かったかぐらいの話になってしまうような……娯楽、受け身の娯楽というものがすごく増えてしまっていると思うので、意識的に場を作るということをしています。場がない分、場を作る。また、意識を変えるような体験がひとりだとなかなかできないっていう人たちも、一緒だとやりやすいっていう場合があるんですよね。手仕事系のワークショップとかは、取り組む前に各々の意識の中に立ち現れるハードルのようなものを取り外す働きがあって。背中を押すみたいな。イベント自体が受け身では終わらないじゃないですか。自分がそこに参加するし、そこで座ったり立ったりする当事者性がテレビとかとは違ってすごくはっきり出るんで、自分自身の体験として記憶に残る。それがイベントのひとつの力かなって思う。世界に対する当事者性を引き上げることになる。そういう場を誰かが作ることにによって、みんながそれを体験できる。

銀色　うん。

冨田　ちょっとした仕掛けですよね。なくてもいいんだろうし、イベントとそれを呼ばなかった時代がずっとあったでしょうけど。今はやった方がいいと思う。
特に、自粛しなさいって言われるものほど大事だったりすると思うんですよね。集まってはいけませんとかね。宮崎の口蹄疫《こうていえき》の時も、イベントはなるべく控えましょうとか……。でもやっぱりみんなイベントを自粛すると、しゅんとするんですよね。なんか集まろうよって言って集まると、いろんな気持ちをみんなでシェアできたりして、集まってよかったねってなるし。寄り合う……ことの大切さかなあ……。

銀色　そうだね。人を目覚めさせて、変えさせる、っていうような仕事、役割なんだね。きっと。

冨田　そうですね……。一緒に目覚めていくというか、変わっていくというか。それは、自分ができるからとか、自分がやり方を知ってるからとか、自分が目覚めてるからできるんじゃなくて、どんな人であってもそれを促進するという仕事はできるってすごく思うんですよ。僕がイベントのプロじゃなくてもそれができる、テニスのプロじゃなくてもテニスのコーチはできる、というスタンスですかね。

銀色　それは、……やりがいがあるね。

冨田　ありますね。

銀色　そっか……。

冨田　ある意味ですごい、気楽だし。ある意味で全部味わえる。まあ、どうなるかわからないことに対応するっていうのがひとつのキーですけどね、イベントって。ある意味で結果にこだわらない。意図を明確にしながら、結果に関しては完全にゆだねる、手放す。結果に執着しないようにする。しなくてもどうせ意識してるので、だったら手放す。

銀色　うん。

冨田　想定外のことがめちゃめちゃ起こるんですよね、イベント、毎日やってると。そのひとつひとつを波乗りのように楽しまないと。感情もひきずらないように、いっこいっこ流していかないと。

銀色　感情を流すのって、なんかコツがある？　うーん。

冨田　考えない。
例えば、今日は13時半に僕は茅ヶ崎駅に着いて、そこから直で会場に向かったんですよね。会場入り、20分前にしたんです。で、主催者の人は僕が13時半に来るというのを知っていたので駅に迎えに来たんですよ。だけど僕はそれをまず知らなかったということと、その主催者の人は13時半に遅れてきたので、着いた時には僕はいなくて、僕は会場に着いてたんですよ。彼女は当然それを知らなくて、携帯を彼女は忘れていたので連絡があるかもと家に帰り、家から会場に来てなんとか14時に間に合ったと。で、そういう彼女の動きを知って、なおかつ僕が会場に到着したのを見た周りの人は、あ、冨田さんもう着いちゃったから、私迎えに行って来ると言って駅に行った、でも駅にいなかった、携帯を取りに行ってたから。で、戻ってきて、彼女も戻って来た、ということが今日あって（笑）。

銀色　うん（笑）。

冨田　僕はそのことについて何も考えない、ということにして、とにかくそのことがおもしろいということで笑って、全部流した。それが僕の言った、流すということですね。

銀色　うん。

冨田　でもそこでいちいち考えて、主催者たるものは、確認もとってないのにそういう動きをとったらよくないと思う、イベントをよくできるようになってほしいと思うからこそ僕は言うんだよっていうモードに僕が入ったら、結構イライラすると思うんですけど、そこは手放す。それが大事だっていうことを僕は当然わかってるし、彼女も当然わかってる中で今日起こった出来事だから、これはもうこれとして、あとはそれぞれが……。

ただそこで、そういうことが起こったということに対して僕も、それに関わる誰かもすごい無責任な態度をとってたらちょっとおかしいですよね。ちょっとここは注意をしましょうとか、こういうことは避けるようにした方がいいと思う……と言う場合もあるし、それも含めてバタバタでなんとかなってる感じがおもしろいからいいかなこれは、みんな地域で仲良くやってるし、ということでそれに合わせたりとか……。あとは、スタート時間とかで、僕はゆるくていい、7時スタートといっても7時5分でまだパラパラだし、来るって言っててまだ来てない人もいるから、あと5分、10分待ちますかっていう時もあるし、主催者の人がパキパキで、何時に終わってこうだからもう始めないと始めないとってなってる場合もあるし、宮崎とかだと7時集合っていってても8時になんないと始まんないっていう日向《ひゅうが》時間みたいなのもあるし、最初の頃はそういうのにいちいち振り回されてたんですけど……、まあ、形になりゃいいんだからいいやって捉えるようにして流していくと結構、僕自身のハラハラが流れていく、という。……そういう意味です。

銀色　うん。

冨田　パニックを引き受けない。……「こうすべきだ」とか「よかれと思って言ってるんだ」とかいうふうに怒ったりしてた時期もあったんですけど、なんか今はもう……、いいっスよって感じで……(笑)。

銀色　ははは。

冨田　3月11日以降、特にそうですね。ひとりひとり本当に日々、一生懸命やってて、いろんなこと一生懸命考えたり、なんかしなきゃってなったり、なんか失敗したらすっごい素直にそれを自分のせいだって思ったり、すでにみんなしてると僕は思うので、怒ったり人のせいとかにしたりしてる人も、傷ついてるからそうしてるんだと思うので。なるべくもう……、しょうがないよね、こんな時代だし、ミスもトラブルも起こるわな、っていう……。そういう……。

銀色　うん。

冨田　やっぱネガティブに入ると、その人の体験が、せっかくこんなすごい体験が今起こっててみんなで共有できてるのに、主催者の人がお金の不満みたいなことでずっとそれを味わえないってすごいもったいないって思って、それは赤字になるよりもったいない。赤字になってもなんでもいいから、あとでみんなで計算しよう、ホントにみんなで納得いくようにシェアできればいいんだからさ、今はとにかく集中しようよ、イベントが終盤を迎えようとしている今という時間を大事にしようよ、とか。なるべく気持ちを、それぞれが自己否定に陥らないように。私のせいでこうなっちゃった……、あの出演者の出番が遅れたのは私が迎えに行くのが遅れたからだ……って最後まで引きずるとかは、結構気持ちの持たせようだったりする。そっちの方にどっちかっていうと、こだわる。

銀色　それをうまく言えるの？

冨田　わかんないです。ほっとく場合もあります。ほっといた方がいい場合もあるし。僕の手に負えない場合もあるし。だれかがケアした方がいい場合もあるし。……いろいろ。とにかくそれがよく見えるところにいるってことだけは大事にしつつ、あとはわかんないです。状況状況で。

銀色　……うん！　わかった。……わかったっていうか（笑）。把握するのが好きなんだね。状況をね。

冨田　そうですね。最近「被災地のために何かしたいんだけど何をしたらいいか」みたいなことを聞かれることがあって、僕は「現実を知れば自然に動きは出てくると思う」って。行動を起こせない原因が、具体的な現状を把握していないことにあったりすることが多いということを感じます。把握をしていれば自分のすべきことは自然にでてくるし、把握をしてさえいれば、その現実に対して関与すべきなのか、何もしなくていいのか、判断もつくから。本当に何もしなくていい時に、安心して何もしないでいられるとか、安心してくつろぎたいから把握する、みたいなところもあります（笑）。こればっかりはわからないですよね……。禅問答のようなところがあるので。すごい何かに固執してるのかもしれないし。僕がイベントをすごく大事にしていること自体が、強烈に何かに固執してるのかもしれない。その固執が手放される時に、イベントに対する捉え方がすごく変わるかもしれないし、わからないですけどね。

銀色 ……うん。わかった。冨田さんがイベントを通じて何をしようとしているかっていうのがわかった。本当にやる時になったら、その時になって聞けばいいよね。

冨田 もう一個だけ、イベントをやる意味に関して思うのは、世界を把握する時、宇宙はどうなってるのか、自分が生きてる世界はどういう世界なのかを把握する時に、イベントをするとそこが縮図になるって体験を僕はすごいしてて、ここが村だね、ここがコミュニティ、ここが世界、ここで起こってるこれが世界で起こってることの縮図だ、ここで起こってるトラブルが宗教対立のひな形だったり、そこを乗り換えるってことを自分たちで身をもって体験すると、世界に対する対処法がちょっと見えた気がするみたいな、捉え方が変わるんですよね。そういう意味では箱庭療法に近いというか。それはひとりじゃできないことで、世界は大きすぎて把握しきれないという感覚が、自分の取り巻く環境を世界そのものとして見られるような感覚、自分の日常が世界の縮図であるという感覚に変わるんです。小さいイベントでも大きいイベントでも。これは僕自身にとって、場を開くということを求めているもうひとつの理由。地図を開いているような俯瞰《ふかん》した視点から、今ここを見ている。

銀色 仕組みが好きって言ってたよね、こないだ。成り立ちが好きって。それが見えることが。

冨田　そうですね。祭りと政《まつりごと》って、同じ言葉で言われてるんですよね。政みたいなものが見える、その追体験を祭りの中でしてる、イベントをすること自体が、政治やってるみたいなことになるんですよ。財務省があって、農水省があって、大臣がいて……。小さい規模でも、なにかいいコンセプト、いいシェアができたり、いいものが交換できたという体験がそこで起きると、それぞれの日常にも影響が起きる。それがたぶん祭りのエネルギーが日常に生きる、政に反映していくっていうことだと思うんですよね。箱庭、縮図的な……、世界の縮図をみんなで体験すること、世界を作る、そういう魅力があるかもしれない。

銀色　そこに参加して変わった人は、その人たち自身がそれぞれそれを言葉で説明できないかもしれないけど、実際に変わってるわけで、変わった自分を生きていくんだよね。そういう作用がね。

冨田　そうですね。地域の中にイベントできる人が増えるっていうのは、そのあとの部分に関わっていて、イベントで得たものが日常の中に埋没しやすい環境っていうのはすごく多いと思うんですよね。元に戻っちゃう、あの時のあれはなんだったんだろう……懐かしいなあっていうような。でも地域の中にイベントできる人がいたり、イベント慣れする人が出て来たりすると、月に一回は、忘却曲線でいうとグラフがこう落ちていくところを……、途中で上げてくれるものが月に一回でもあると、ずっとその状態をキープできることになる。

その意識で日常生きるので、だんだん話すことが変わってきたり、選ぶものが変わったり、具体的に日常が変化したり、単純にイベントでよく会う人と知り合いになったり、友だちになったり、一緒にイベントに関わるようになったりするという意味で、他のメディアではできない、継続的に変化を起こすっていうのはイベントの力だと思います。

銀色 起きた変化っていうのはさ、意識化するようになったっていうことでもあるよね。いろんなことを。自分の思ってることや行動を。

冨田 意識化するチャンスが増えたり、ああ、こんなことに気づいた、っていうことを忘れる前にまた、ある、みたいな。記憶が完全に薄れていくスピードって、けっこう一気にいく。一気にいく前に一回引き上げとくと、その波ができてくるって感じ。それ知ってるよって言う人が周りにいることがリマインドを忘れさせない、変化の方に自分を向ける癖がついていくことになるんじゃないですかね。

やっぱり、自分が表現者になりやすいですよね。イベントに参加すると。どうだった？　って聞かれるし、ミクシィとかに、このイベントこうでしたよって書いたりするチャンスができるし、イベントに参加してない人も非日常の話題を欲しがってる人が多いと思うので、イベントに行くとイベントの話をする機会があって、それがその人にとってリマインドになって、またイベントがあると友だちを誘える、そういうふうに持続性というのが備わってくるとさらにいい感じになるんじゃないかなと思います。

銀色　うん。

冨田　僕は、それが続けてる理由ですね。「六ヶ所村ラプソディー」とか観てもらったりしても、日常の中にそのことについて話す機会がないってみんな言ってるわけですから。これは昔観たいい映画、にしてしまうんじゃなく、このことについてもっと知りたいってなってるわけだから、じゃあ3ヶ月後にまた来ます、またこのことについて話しましょうって。それで通い続けることを僕は始めたんですよ。

銀色　うん。

冨田　そうなんです。……でも、僕とか……超特殊だと思いますけどね（笑）。職種……。

銀色　なにが？　どういうところが？

冨田　一年中ずっとイベントやってるとか、自分で主催もするし、主催してもらったりもするし、主催してもらうってことが、ある意味で出前ワークショップ、イベント企画ワークショップという意味もある、みたいなつもりでやってる……人……。僕は、旅したい……全国回ってお話会とかしたいっていう人がいたら、ぜひ、話す内容とかもあるけど、ファシリテーションを勉強するっていうふうにしたらいいと思います。

銀色　なんだったっけ、ファシリテーションって。

冨田　イベントを企画できるようにしていく。コーチングとか。そういうコミュニケーションスキルをつけていくことが、自分が旅しやすい環境を作ることにつながると思う。ヘンな話、受け入れ先を作っていくってことですからね。人が集まれる場を各地に作っていくことでもあるから……。結果たぶん、自分がどんどん旅しやすくなっていく。そういう狙いも……狙いというか、結果、そうなる。そうすると他の人も旅しやすくなる。

銀色　ふうん。

冨田　そんな感じですね。

銀色　うん。……ありがとう。

冨田　はい（笑）。

銀色　ハハハ。

冨田　おもしろいですね。こんなに徹底的にあんまり話したこと、ないです。

銀色　そうだね。抽象的……哲学的……なことだね。結局は。

冨田　今日はそうなっちゃいましたね。でも、具体的にこういうイベントやりたいんだけどってなって、方法はってなったら、もっと具体的な話になるかもしれない。

銀色　そうだね。

冨田　僕のメモになっちゃいましたね。

銀色　私が聞きたかったから。

冨田さんにとってのイベントってそれかあ！　っていうのがよくわかった。

冨田　そうですね〜。そうだな……。今日話したようなことについてもね、なんかの形で、イベントとかのことを考えていたり、そういうことに思いがある人とシェアできたらいいなと思いますけど。

銀色　いそうじゃない？　イベントとかのこと考えてる人、そういうの考えるのが好きな人。ね。

冨田　あ、そういうことなんだ、みたいな。そういえば、そのあれですもんね。ブログの記事を読んで頂いて……、ワークショップとイベントを続けている理由。

銀色　そうだよね。かなりあれ、最初の……。

冨田　はい。2007年とか08年とか。素浪人のように、こうあるべきだって結構思ってた時期じゃないかな（笑）。

銀色　……それでも。2007年でも4年前だね。

冨田　そうですね。2007年の2月に九州に行って、何ヶ所か回ったぐらいから、結構全国細かく回るようになったんですよね。それまでは名古屋に住んでて、たまに関西で。それぐらいだったんですけど。そっから九州行ったり、島根行ったり、山口行ったり、東北行ったりするようになって……。

銀色　……今度会ったら、私の本あげるって言ったけど、どう？　……ほしい？

冨田　あ。はい。

銀色　どんな本が……いい？

冨田　え？

銀色　……詩の本がいい？　読み物がいい？

冨田　読み物っていうのは？

銀色　字がいっぱい。（↓って、アンタ！　それが答え？）

冨田　ああ〜。（↑冨田さんも、ああ〜って！）……6月の25日に出るのは……。

銀色　エッセイ。このあいだの続きの続きぐらい。それでいっか、じゃあ？
冨田　それあるんですか？
銀色　それはないのよ。まだ。それを送るのでいい？
冨田　うん。読んでみたい。
銀色　別に今までの本はいいよね。見たい？
冨田　今までの本……、旅エッセイみたいなのありませんでした？
銀色　旅エッセイみたいなのあるけど……、私の旅エッセイねえ……。アハハハ。恥ずかしいかも。
冨田　じゃあ、最近はこんな感じ、とかはどうですか？
銀色　……この前に出したエッセイみたいなのいる？　じゃあ。
冨田　はい。
銀色　いちばん最近の。
冨田　『つれづれノート』ですよね。うん。読んでみたいです。
銀色　でも恥ずかしい。
冨田　そうなんですか？
銀色　アハハハ。あまりにもだってさあ、自分のことばっかり書いてるからさ。

冨田　それはそうでしょう（笑）。

銀色　それを見せるのもなんかなあ……。

冨田　でもそれを出してるんですよね、ふつうに。

銀色　それはだってファンの人にだからいいじゃん。

冨田　じゃあ、6月に送ってください。

銀色　そうだね、そうしよう。6月に、じゃあ、京都の住所に送ればいいの？

冨田　そうですね。それがいちばん確実です。……それがいちばん確実です。6月の下旬からはちょっと関西にもいるので。僕もちょっと書かないとな。夏至ぐらいまでには書きたいと思ってるんですけどね。一回、頭の中をまとめるために。

銀色　ありがとうございました。

冨田　具体的な用事があれば。具体的であればどんな用事でも言ってください。

銀色　重そうだね、荷物。

冨田　そう。今日は自分の本とか……。

銀色　こっちだよ。……ありがとう。

2011/6/20（月）10:33

冨田さん、こんにちは。お元気ですか？
先月お話ししていた2冊の本ができましたので、送りますね〜。　　銀色

2011/6/21（火）16:42

銀色さま
こちらは山口に来ています。
今日は晴天、とても気持ちいいです。
おかげさまで元気にやらせていただいています。ありがとうございます。
25日の夜に京都自宅に戻る予定です。楽しみにしています。
7月にも何度か東京に行く予定があります。
またこちらから連絡させていただきます。　　とみた拝

それがいちばん確実です、と2回も言ってたくせに、私が送った本は、送り主不在で返って来た。もう！

1ヶ月後。

2011/7/29（金）19:07
富田さん、今、すごく忙しいんじゃない？
私は8月の前半、宮崎に帰るけど、
その頃は、宮崎には来ませんか？　銀色

2011/8/01（月）17:18
銀色さま
昨日、2週間ぶりに京都に戻りました。
その間、岐阜、東京、茨城、山梨、長野、福島、山形、宮城、といつも以上に動きました。
>富田さん、今、すごく忙しいんじゃない？
ずばり、でした。

この時期、暦的にも濃いんですよね。
太陽からのエネルギーと、温められた地球から上がってくるエネルギーの両方が高まってい
て、なおかつシリウスなど太陽系外との関係も色濃く現れている時期でしたし、
旧暦で言う六月（水無月）が終わり上半期が締めくくられたのもこの数日でした。
さらに7月20日〜8月7日は季節の変わり目の土用でもあります。

昨日京都にピットインするまでの日々は、気候・気象の変化と連動して自分の内面の変化が
高まっていく時期、そんな実感がありました。
それと同時に、肉体のケアを怠るとすぐに跳ね返りがくる時期でもあったと思います。
ちょうど急カーブを車で曲がるときのような、重心をグッと低く構えながら回転の軌道に意
識を集中させているような、そんな日々でしたね。

そして、銀色さんからの郵便物を受け取れないまま、僕が郵便局に連絡を入れたときにはす
でに銀色さんの元に荷物が戻ってしまっていました。
その後も連絡ができぬまま今に至ってしまいました。
申し訳ありませんでした。

銀色さんの新著『相似と選択』を京都市内の書店で購入させていただきました。

僕の書いたメールを丸々使っていただきありがとうございます。

銀色さんから「メールを使いたい」という相談をいただいたときに「手直ししたい」と思いましたが、著書を読み進めながら僕のメールに行き着いたときに、その時々の気持ちや表現を後で手を加えたりすることなく、そのまま流していくことの意味に思いいたりました。その瞬間に生み出されたものをあるがまま表現して、そして手放していく。判断も修正もせずに、あるがまま。

書くということに行き詰まりつつあった中、大切な気づきをいただきました。ありがとうございます。

その後、何人かの方から「銀色さんの著書を通じてブックレット（わたしにつながるいのちのために）を知りました。送ってください。」というようなご連絡をいただいています。

新しいご縁をいただき、とてもうれしく思っています。

＞私は8月の前半、宮崎に帰るけど、
＞その頃は、宮崎には来ませんか？

8月上旬は関西にいて、9日から北海道、15日から月末までは関東にいます。
九州に行くのは早くて11月かなと思っています。
暑くはありますが、秋が近づいている感じもありますね。
どうぞ元気でお過ごしください。

とみた拝

これ以降の私のことをちょっと書いておくと、8月、9月、10月にやると言っていたイベントのうち、8月の歌を紹介するライブだけやって、もういいかなと思い、9月と10月の語りはやめることにした。9月にエクトンとの対談本のトークイベントをやって、それでもう人前に出るのはやめようという気持ちになっていた。

この前の年からなぜか急に表に出る活動を始めた私だった。急遽《きゅうきょ》、会社を作ってCDを作ったりグッズを作ったり、短期間に一気にいろいろやって、やりながら考えて進んでいたのだけど、CD制作にすごくお金がかかり、しかもそれが一緒に制作していた人とのトラブルでお蔵入りになったり、会社の部屋代など維持費がコンスタントにかかっていくという状況で、このまま続けると赤字が増えるだけだし、CDを作るためだけに作った実際には動いていない形だけの会社を維持するメリットがないと判断したので、赤字が一千数百万になった時点で会社を閉じることにした。

人前に出て何かやるという経験も、取材やラジオ、テレビ出演、ツイッターなどを経験しながら、これのこの部分は好きだけどこういう部分は好きじゃないとか、このやり方、考え方は自分には合わない、この世界には魅力を感じない、などと思いながら、結局メディア出演にはまったく興味がないということがわかった。

ただ一点、すべての活動を通じて、これだけはよかったと思うことがあった。それは長年、時々来る手紙だけで接していた読者の方たちと、サイン会や握手会を通じて直接お会いすることができ、直接話を聞いたり、ツイッターなどでいろいろな思いを広く受け取る機会を得たことだった。その時の気持ちは、まわりの騒々しいその頃の活動の中で、そこだけがシーンと静まり返った湖のような、その奥に途方もない何かが眠っているような、限りない可能性を感じさせるものだった。

それで、会社も表に出る活動もすべてやめたあと、読者の人たちだけと直接、他の人の目にできるだけ触れないような形でつながりを持ちたいと思い、2011年12月に登録制のファンクラブのような「夏色会」というものをホームページ上に作った。メルマガ会員として登録してもらって、なにか交流する企画を立てたり募集したりしながら、手探りで実験的に何かをやっていくために。

冨田さんにイベントのことを聞いた5月の時点では、なんとなく全国を回ってファンの人と交流したいと漠然と思っていただけだったけど、この時点では、この夏色会の会員といろいろ企画を練ったり、宴会をしたりしたいというような、直接的で現実的なこぢんまりとした交流のイメージがあった。メルマガ会員なので人数も住んでいる地域も名前も把握できている。会員数は2012年1月末で1600人と、アンケートなどもとれる規模だったので、アンケートをとったり、私の趣味でサークル会員（精神的なこと、スピリチュアルなことを話すサークル）を募集したりもした。

とにかく、読者の方と早く交流したいという気持ちが強く、まず仙台に行こうと思い、「夏色会」のメルマガを通じて、２０１２年１月23日に、来週行くので来れる人連絡くださいとメールする。そして、

２月２日、仙台の居酒屋で20名ほどの方と対面。

２月18日、「夏色会」で募集した趣味のサークルの中から５名と会食。

３月17日、同じく、４名と会食。

４月８日、「夏色会」有志十数名を呼び、いろいろ意見を聞く。

４月23日、「夏色会」限定、春の談話室開催、質問に答える。75名。

５月27日、トークイベント「今日の私が思うこと」エクトン通訳のチャンパックさんとトークライブ　主にスピリチュアルなこと。１００名。

６月23日、先日のスピリチュアルなイベントの時に出た質問が素晴らしかったので、真剣なことを話す会、聴く会、「夏鳥の会」を開催。55名。ものすごく濃い時間になる。今でもまだ続いている印象。

７月10日、「夏鳥の会」の反動で、沈黙が怖くない人だけを集めた「静寂の会」開催。22

名。

以上の集まりを催してきて、いろいろなことを感じた。どれもそれぞれに個性的で、どの会からもそれぞれに学んだことがあり、意義深かった。そして最後の「静寂の会」をやった時に、私はひとりで話せるかもしれないと思った。ずっと、ひとりで話すことをしてみたいと思いつつ、でも何を話せばいいのかわからなかったのでまだできなかったけど、静けさが好きな人たちと一緒にいて、静けさの力がわかったような気がした。こういう感じだったら大丈夫だと思った。静かな人に向かうように話せば私も落ち着いて話せるかもしれない。遠くを見るように、ひとりで本を書く時の気持ちで。

それで、10月14日に、私がひとりで話して、あいだを歌でつなぐトークイベント「銀色の秋」を開催することにした。

会場は、その時調べてたまたまあいていた、晴海のクラシック音楽主体の第一生命ホール。収容人数は767人。今までやったいちばん大きなところで280名だから、2倍以上。そんな無謀な、と去年だったら思っただろう。

でも私は変わったのだ。

去年までは、イベントに人が来なかったらどうしようと思っていた。赤字にならないかとか、うまくできるかなとか、お客さんが怖いとか思っていた。お客さんは私を見に来るんじゃないかもとまで思っていた。

でも今は、考え方がまったく変わった。私が、私を好きな読者の人たちを、スペースを借りてそこに呼ぶのだ。その場所を私が借りる。私がそこがいいと決めた場所。そこで好きな人たちに会いたいと思った場所。デートだ。そこを私が借りるのだから、私がデートで払うお金で借りるのだから、来る人数は関係ない。すごく少なくてもいい。少なかったら、少ない人数の中でしか生まれない雰囲気が味わえる。

細かいことをあれこれ気にしている時はまだそれをやっちゃいけないのだと思う。

その、私が選んだ貸切ルームに、来たいというお客さんを呼んで、そこで私は自由にくつろいで自分の好きなことをする。完全に私の世界。

密室で、し放題（笑）。

そこにいる人だけしか知りえない、

私たち以外、よそ者がだれもいない場所、

同じ空間の中で、

私たちのエネルギーが出会う。時間を超えて。

私たちの、本を通じて紡いできた時間や感情と共に、今を一緒に体験する。
私がしたかったことは、そういうことなんだと思う。
これがわかるために、この2年、いろんなことに挑戦してきたんだと思った。

2012/2/1（水）19:15
２０１２年１月末、冨田さんから冊子に、つながる、ということについてコメントを欲しいという電話があったので、書いて送る。

冨田さんへ
つながる、ということで私の心に浮かんだ言葉を書きます。
これでよければ。　銀色
『私は、人がこの世に生まれてくるのは、他の人たちと出会い、何かでつながるためだと思います。　銀色夏生』

2012/2/1（水）23:48
銀色さま
早速のコメントをありがとうございます。
とてもうれしいです。
今回、「つながりのなかで……」のフライヤーを作っているのですが、
できあがったらお届けにあがりたいと思います。

最近、同じメンバーで「お金」をテーマにしたフリーペーパーをつくりました。
こちらも直接お渡しできたらと思います。
つながりについて、あらためてイメージしなおす機会にもさせていただきました。
どうもありがとうございます。
とみた　拝

2ヶ月後。

2012/4/8（日）20:54
銀色夏生さま
冨田貴史です。
大変ご無沙汰しております。
先日は、わたしたちが作ったブックレット「つながりのなかではたらきまなびあそぶ」にコメントをいただきありがとうございます。
現在、フライヤーを製作中なので、出来次第送りますね。
気づけばもう春ですね。

まだまだ寒さは続きますが、春の嵐が起きているという実感がありますね。

心身の調整を求めるように鼻水が嵐になったり、桜前線につられて街々にソワソワムードが舞っているように感じます。

銀色さんは元気にやっておりますか?

3月末から4月頭までは5日間ほど宮崎にいましたよ。

満開の桜と暖かな日差し、そして昨年から続く移住や保養の人々の出入りによってとてもにぎわっていましたよ。

いい場所だな~としみじみ感じました。

さて。

この春に1冊の本を作りました。

半年ほどかけて、関東に暮らしながら原発事故後の世界と向き合って生きる人たちの生の声をまとめたブックレットで、タイトルは「今、わたしにできること~目に見えないものをみつめて生きていく~」です。

この本をぜひ読んでいただきたく、送らせていただこうと思ったのですが、銀色さんの住所を見失ってしまいました。

大変お手数ですが、改めて住所を教えていただけたらお送りいたします。

どうぞよろしくお願いします。
僕は今、茨城の守谷にいますが、これからも関東に滞在することは多いと思います。
またお会いできることを楽しみにしております。
ではまた！

2012/4/9（月）8:47
冨田さんへ
こんにちは！
やっとあたたかくなってきて、うれしいです。
住所は、こちらです。ありがとうございます。
冨田さんも、お元気そうですね。
なにかいろいろ、やってるんですね！
頑張ってくださいね〜。
銀色

2012/4/10（火）16:36
銀色さま

冨田です。
あったかくなってきましたね〜。
昨夜は久々に朝までの飲み会に参加して、ちょっとふらついています。
これも春だからこそかな、と楽しんでいますが。
住所のご案内ありがとうございます。
早速ブックレットを送らせていただきました。
僕の実家のある茨城守谷についても詳しく取り上げました。
よかったら読んでみてくださいね。
僕自身の言葉をまとめた本もそろそろ新しいものを作りたいと思っています。
ではまたまた、引き続きお元気でありますように！　とみた　拝

2012/4/10（火）
冨田さんへ
はい。では心して、読ませていただきます。
そうか……、そこはご実家なのですね。
去年までの生き方の流れと、去年の地震で、

冨田さんの人生というか、人生の動きが、勢いと方向を持って、加速したのではないかと想像します。


次は、私とも飲みましょうよ！

おごりますよ。ふふふ〜。

なにかおいしいものでもつまみながら……。

近くにきて、時間があったら連絡くださいね。

銀色

2012/04/11（水）18:06

銀色さんへ
冨田です。

お察しのとおりです。

何が大事か、見直しているところもあるし、今までの方向性がそのまま再認識されて強化されたりもしていますね。

と同時に、やっぱりひとりひとりがアーティストで、ひとりひとりが大事で、誰かに賛成とか誰かに反対ということではない、自立したひとりひとりの意思が大事にされることが大事だなと実感していて、その中で、僕自身がアートをしていく、表現をしていくということをもっと大事にしたいと思っています。

ここは、見直しの部分ですね。

メディアや情報提供者としてではなく、アーティストとして、詩やエッセイのような、自分の表現としての執筆などをもっと大事にしていきたいと思っています。

そういった意味では今、本当に転換点です。


5月が僕の誕生月なのですが、今、何度目かの生まれ直しの時期かなと思っています。

早く本を書きたいな。出産をして、新たな流れに入りたい、と思っています。


うれしいお誘いをありがとうございます！

5月に、関東に長いこと滞在していると思うので、声をかけさせてください。

おいしいもの、楽しみですね〜。

どうぞそれまでお元気でお過ごしくださいね。

本の感想などもぜひお聞かせいただけるとうれしいです。

ではまた！

　　　　とみた拝

2012/08/17（金）18:22

冨田さん、お元気ですか？

今ごろ、どこの空の下にいるのでしょう（笑）。

急ぎではないのですが、
ちょっと聞きたいことがあってメールしました。

私は、今後、年に1回ぐらい、4大都市（ぐらい）で「語り&歌のイベント」を静かにやっていこうと思っているのですが、
その時の、会場押さえとチケット販売委託、当日の物販アルバイト手配、などをやってくださるイベンターをさがしています。

自分でやったりもしてるけど、会場が大きくなると大変で……。

どなたか知ってるいい方はいませんか？

宣伝・集客は、私の本の中にチラシと、HP、メルマガでやるので、ライブ開催の事務的なところだけをやっていただければいいのですが、
誠実で、できれば考え方の合う人がいいと思っています。

やってもらいたいことがはっきりしているので、

やる気のある仕事熱心な方なら、小さいところでもいいです。

あと、これはまた別の話ですが、
去年、冨田さんとイベントについて話しましたよね？
あの時の録音記録を見つけたので、ひさしぶりに聴いてみたのですが、
とてもおもしろかったです。
冨田さんって、話す言葉が完全原稿みたいに整然としているので、聴きやすいですね。
話すことをすでにわかって話しているからでしょうか。
で、その時に、「セルフマネージメントがこの世をうまく泳いでいくキーになる」
とおっしゃいましたよね？
覚えてますか。
私もそう思います。そして、それを自覚することが大事だと思います。
それをテーマにまた話しませんか？
できれば、対談本として発売できたらと、なんとなく思っています。
まだまだ暑く、大気も不安定ですが、過ぎゆく夏を味わいましょう。

銀色夏生

2012/8/19（日）16:36

銀色さま
冨田です。

そろそろ恵比寿あたりでお会いしたいな〜と思っていたところのご連絡、うれしく思っています。

僕はこの数日は珍しく京都の自宅にいます。

梅干しを日に当てたりしながらすごしてますよ。


＞私は、今後、年に1回ぐらい、4大都市（ぐらい）で「語り&歌のイベント」を静かにやっていこうと思っているのですが、

（中略）

＞やる気のある仕事熱心な方なら、小さいところでもいいです。

オッケイです。

気にかけておきますね。

忙しくなくて、仕事ができる人、そして考え方の合う人、ですね。

まずはイメージしておきます。

そして思い浮かんだら連絡しますね。

そうそう。

4大都市というと、東京、大阪、福岡、と名古屋かな、札幌かな。

どんなでしょう。

>あと、これはまた別の話ですが、
>できれば、対談本として発売できたらと、なんとなく思っています。
(中略)

いいですね!

対談って、化学反応のように、その場で新しい気づきが生まれるのでおもしろいです。

その、気づきの醸成のようなプロセスを、本などで追体験してもらえるのはおもしろいことですね。

ちなみに僕は8月22日から28日まで関東を回っています。

タイミングがあえば、以上2つの内容も含めて、お会いしてお話しできたらと思います。

第1希望は8月25日の夕方以降、第2希望は8月27日の夜です。

いかがでしょう。

ご検討いただけたらと思います。
また9月以降も関東滞在の予定がありますので、もちろん日を改めても大丈夫です。
では、引き続きダイナミックな季節の変わり目を楽しんでいきましょう。
とみた　拝

2012/8/18（土）18:17
冨田さん、たびたびすみません。
イベンターのことを、今日会った知人に話したら、
「チケット販売は、1000人以下の規模なら、リクルートのイベントアテンドと、フェイスブックやe+、ぴあチ等を上手く組み合わせればできますよ」と言われたので、そうだな〜、と思いました。
会場押さえも、すごい激戦区でやるわけではないので、
たまたまいいところが空いてたな、という感じでやったらいいのかなと思いました。
でもだから、そういうところをささっと手伝ってくれる人が欲しいんですよね…、私。
経験があって、臨機応変に手伝ってくれる、ITに強い、
冨田さんの後輩みたいな人（冨田さんほど忙しくないという意味です）、いないかな？

10月14日（日）の13時から、これもたまたま空いていたので、晴海の第一生命ホールで、私の語りメインのイベントを（実験的に）やります。

もし近くにいて時間があったら（それって、かなり確率低いと思いますが）、覗きに来てください。

銀色

2012/8/19（日）16:39

銀色様
冨田より追記です。

＞冨田さんの後輩みたいな人（冨田さんほど忙しくないという意味です）、いないかな？

後輩はいませんが、そういった動きに慣れている人は、ドキュメンタリー映画の上映会を経験している人など、いそうな気がします。

銀色さんのお話を直接聞いていたら、また具体的な人が思い浮かぶような気がしています。

＞もし近くにいて時間があったら（それって、かなり確率低いと思いますが）、覗きに来てください。

ぜひ参加したいのですが、この日は大阪ですね〜。

知り合いに声をかけたいと思うので、また詳細を教えてください。

では、今後ともよろしくお願いします。

とみた　拝

2012/8/19 (日) 21:03

冨田さんへ

私も宮崎に帰ると、シソやふきなど、庭にいろいろ食べ物があって、便利だな〜と思います。

では、8月25日（土）の夕方（6時ごろから?）にしましょうか。

どこか静かに話せて食事もできるところを探してみます。

イベントに関しては、だんだんイメージがはっきりしてきましたので、その時にお話ししますね。では予約がとれたら、連絡します。お待ちください。

銀色

2012/8/19 (日) 21:38

銀色様

冨田です。

>私も宮崎に帰ると、シソやふきなど、庭にいろいろ食べ物があって、

>便利だな〜と思います。

お、宮崎。豊かですよね〜。行く度に感動します。

僕は9月5日、6日と宮崎に行ってきますよ。
>では、8月25日（土）の夕方（6時ごろから?）にしましょうか。
>どこか静かに話せて食事もできるところを探してみます。
了解しました。
では、その日程を空けておきますね。
>イベントに関しては、だんだんイメージがはっきりしてきましたので、
>その時にお話ししますね。
わかりました。
楽しみにしております。
>では予約がとれたら、連絡します。お待ちください。
了解です。どうぞよろしくお願いします。

とみた拝

2012/8/20（月）18:06

冨田さんへ
考えたんですけど。
せっかくその日に会えるので、

25日、6時から軽くご飯食べて、
そのあと、もしよかったらうちに来て録音しませんか？
お店は、近くの和食屋さんを6時から予約しました。
とりあえず、そこで待ち合わせして、
ゆっくりごはんでも食べながら考えませんか？
時間は融通がききますので、なにかあったら連絡ください。
銀色

2012/8/21（火）12:31
銀色様
冨田です。
>6時から予約しました。
オッケイです。録音もいいと思います。
>とりあえず、そこで待ち合わせして、
（中略）
>なにかあったら連絡ください。
いいですね。

僕はこの日、22時か23時くらいに駒澤大学駅に着ければ大丈夫だと思います。
始まりは夕方15時以降でしたら、何時でもオッケイです。
ではまた。
とみた@長野

2012/8/21（火）17:02

4時に来てもらって、6時まで録音して、それからごはんでもいいですが、どちらがいいですか？（私は今、京都にいます）

2012/8/24（金）10:04

銀色さま
冨田です。
今は戸塚にいます。では16時に伺いますね。
ゆっくりお話しできたらいいですね。
京都もまだまだ暑いでしょう。
今日は旧暦では文月七日、七夕ですね。
引き続き残暑を楽しみ、よき秋を迎えられればと思います。
とみた

2012年8月25日　16時
「セルフマネージメントがこの世をうまく泳いでいくキーになる」

銀色　セルフマネージメントがこの世をうまく泳いでいくキーになるって言ったの覚えてる？（今見たら、「セルフマネージメントとか、セルフプロデュースっていうのが、この時代を楽しくサバイブするキーだと思っている」だったわ）

冨田　覚えてますよ。なんとなく（笑）。

銀色　それが明確になることで物や人を引きつけるって言ったんだけど……。

冨田　そうでしたっけ。

銀色　うん。私もそうだと思うの。セルフマネージメントができてない人多いじゃない？そのことをあんまり考えてない人。何かやりたいって思ってても。それってもったいないっていうか、ちゃんと考えたらもっとうまくできるのになって思ったりすることがよくある。何かやりたいっていう人を見たりした時。……不思議に思うんだよね。こうなりたいって言ってるくせに、どうしてそんなふうにしてないんだろうって。今、やってること、今のその行動は明らかに、その方向に向かってない、ってことに気づいてない……。

冨田　そうですね。

銀色　セルフマネージメントって、つまり、……なんなの？

冨田　なんでしょうね。なにをイメージして、そん時そう言ったんだろうなあ。セルフ、マネージメント……。ぐちゃぐちゃに話していいですよね。あとでまとまってれば。

銀色　うん。

冨田　うーん。振り返ると……、僕、それ、最初に気づいたのは、高校3年の時なんですよ。

銀色　そんなに前に思ったの？

冨田　うん。それはちょっと影響を与えてくれた人……和田秀樹さんっていう人がいて、その人の『受験は要領』という本を友だちに渡されて、それはどういうタイミングかっていうと、高校2年の終わりの頃、『受験は要領』と。それをパッと読んだら、どんなに成績の悪い人間でも、ここから、そのタイミングから要領よくやればだれでも大学は受かるって書いてあって、僕はそもそも大学に興味があるわけではなかったんだけど、それこそセルフマネージメントできてなくて、その頃いた恋人とかに、この先どうするつもりなの？　ぜんぜん考えてないでしょ。先のこと考えられない人とのつきあいは考えちゃうな、みたいなこと言われて、……ガーン、そういやどうするんだろう。

銀色　ふふふ。

冨田　とにかく、そんなこと考えてもなかったし、なによりも今のこの学生生活しかしてない狭い視野の中で先のことは決められないということはわかってたんですよ。

銀色　うん。

冨田　だから、もう少し学ぶ必要があるし、考える時間もいるなあと思って。スイッチはそこで入ったんだけど、時間がいると思って、何勉強したいのかなと思ったけど全然漠然としてて、でもとにかく大学には入れるかもしれないってことがわかって、それから、結局僕はまさにマネージメント、経営学っていうのに興味を持って、それなら今後何に興味を持っても活かせるだろうと。会社の経営をしなくても、経営というもっと広い概念が自分に役に立つと思って動き始めたんだけど、そこで、時間配分の仕方とか、どういう教材を使ってどういう勉強をしていくかということに関して、徹底的に自分にとって都合のいい、自分にとって気持ちのいい、いちばん効率のあがるやり方をわがままにでもやっていくことが大事なんだなっていうことを、そういうことがたぶん本に書いてあったんだと思うんですけど、とにかくすごくそれが実感できて、それで、ちょっと話が長く……なっちゃうんですけど。

銀色　短くしてよ（笑）。

冨田　短くすると（笑）、とにかく化学とか物理みたいな難しいことをやりたくなくても、僕は徹底的に数学を勉強したいと思って理系に行ったんです。普通、理系は数学と物理と化学をやんなきゃいけないんだけど、要領よく考えると数学を徹底的にやりたいからといって我慢して物理とか化学をやるっていうのは変でしょう。やりたくないです。そういうことを言ったら、学年主任に呼び出されて、お前は真面目に考えてるのかと、そんなことをやるとクラス分けが大変だ、その大変なクラス分けをやる必要があるぐらいお前は本気なのかって言われて、いや、めちゃめちゃ本気です、本気だから言ってるんですよ、みたいな話をして、そういうふうにしたり、聞かない授業は徹底的に聞かなかったし、聞く授業は徹底的に聞いたし、自分に必要な参考書を本当に選んで徹底的に勉強して、でも中間試験や期末試験にはまったく標準を合わせないので学校の成績はずっとあがらなかったんだけど、最後の受験のタイミングに標準を合わせてたんでギリギリで間に合ってなんとか明治大学に受かったんですよ。

銀色　うん。

冨田　なんかそれぐらいの時から、ベタな言い方をすれば用意されたレールを歩くってことをすると、時間配分とかいつ何をするかってことも、いつのまにか無意識に刷り込まれたスケジュールとか規定されたやるべきこと、本当はやんなくてもいいかもしれな

銀色　いやるべきことをやらされて、その分やりたいことができなくなってるんじゃないかってことに、結果が出た時にすごくそれがわかって。それからだんだん、そのセルフマネージメント的なことによりいっそう興味を持つようになったんですよね。
冨田　ふうん……。私も結構……、私はすごく合理的っていうか、嫌なことはしないですむように、嫌なことには最低限の時間とエネルギーしか使わないように、かなり昔からやってたと思う。そういえば。
銀色　うん。
冨田　……そう。でもそれでもしなきゃいけないことが決まってる期間があるじゃない？義務教育の期間とか。中学校とかまで。それが……苦しかった。
銀色　それは、じゃあ自覚があったんですね、学生時代から。
冨田　うん。で、大学は、カメラマンになりたくて東京に行きたいと思って、東京の近くの大学に入ったんだけど、どこでもよかったんだけどね。大学で勉強をするつもりはなかったから。でも卒業はしようと思ったので、2年生までに卒論以外の単位を全部とったの。でも一生懸命勉強してとったんじゃなくて、単位をとれそうな授業だけを選んだの。簡単なのあるでしょ。あの先生はたぶん大丈夫だとか、一回も行かなくても単位をくれるとか。一回だけ行ったら単位をくれるっていう噂の先生がいて、本当に一回だけ行ったの。最後の授業に。「はい」って返事をして……すっごい恥ずかしかったんだけど、単位をもらって。……って感じで。だから3年生の時は昼間のフルタイムのアルバイトをしてたの。学校に一日も行かないで。そしたらバイト先の人がいい人で、君まだ大学生なんだって？　一日も行かなくて大丈夫なの？　って聞かれて、大丈夫ですって言ったんだけど、それじゃ心配だからって言って、水曜日休みにしてあげるから行きなさいって言われて行くようにしたけど（あ、そして、4年生になった時、卒論どうしようと思って……。すばらしい先生というウワサを聞きつけて西先生という先生のところに行って、いきなりバーッと今までの経緯を話したら、話し終えて、一瞬の間のあと、先生が「すみません、もう一回要点を言ってくれますか？」って。ホント素敵な先生で。その先生のおかげで卒業できて。卒論は、「神様と天使と少年と猫のお茶会」っていう物語と、月夜にカッパが散歩するって話で、先生は、読んで、僕はいいですけど……ってしどろもどろに。そして天プラをごちそうしてもらったの）。

まあ、それでも結局、就職はしなかったんだけど。就職する気になれなくて、いったん宮崎に帰って……。

そういう、たとえば……、でも最低限こうしないとまずいな、っていう普通の人の感覚を、私は超えられるんだよね。平気なの、ぜんぜん。悪いとか、みっともないとか思わない。自分がそうしたいからっていう理由があるから。人に迷惑をかけるようなことはしないけど、自分に迷惑をかけるのは平気。私にはそれ、迷惑じゃないから。そこはちょっと特徴的かもしれない。合理性に関して、すごく徹底した自分なりの考え方に対してまったく不安がないっていう。

冨田　うんうん。

銀色　仕事の仕方もそういう感じ。……その後の。やりたいことだけに集中できるように、かなり、それ以外のことをしないことが、平気。だれも私の生活をずっと見てはいないけど、たぶん見てたら驚くかもしれない。普通の人はたぶん、ここでこんなにこれに時間を使わないことはないだろう、みたいな。

冨田　それ、さっき言ったことと似てるよね。

冨田　そうだと思う。でも……それってたぶん天然というか、それが素でできちゃう、たぶん銀色さんはそういう人なんだと思うけど、そういう人もいるし……、たとえばこういう話をしてここまで聞いてるとね、それはあなたとあなただからできるんですよって思う人もいるかもしれない。

銀色　ああ。

冨田　僕は、でも思うのは、……自分自身は、ある時に気づいたんですよ。ああ、自分はよくよく考えるとやらなくてもいいと思うことを、やらなきゃいけないって勝手に思い込んでたって。それをもっと他者依存的な言い方をすると、刷り込まれてたんだなってことになるけど、もっと自分に責任を引き戻して言えば、思い込んでたってことだと思うんですよ。思い込んでない人はそれができるってことだと思うんだけど、でも同時に、思い込んでたとしても、その思い込みを意識的に、行動を変えてみて、最初は勇気がいっても変えてみて、あれ？　結構通用するじゃん、みたいなことって世の中、すごいいっぱいあると思うんですよね。

銀色　うん。

冨田　だからそれをなんか、リハビリみたいなつもりでやってみると、結構、ここのハードルも越えられるんだとか、これもタブーじゃなかったんだみたいなことっていっぱいあると思うし、それはすごい、セルフマネージメントってことにつながると思いますね。

銀色　私がやってることも、それを気づかせるってことをやってるんだと思う。本に書いていること。私はこういうふうにしたっていう具体的な例を人に見せることによって、そういうふうにすることもできるんだっていうことを知ってもらう……。その時に、その人の気持ちが、なにかパッと晴れたとしたら、それはその人にとってそれができるっていうことだと思うの。それをずっと言い続けているような気がする。

冨田 うん。……セルフマネージメント。日本語でいうと「自由」ってことかなと思います。仏教的にいうと自由っていうのは、自らに由《よ》る、っていうそのままの意味で。結局、全部自分に引き戻して。自分で管理していくとか、自分で責任持っていくとか、自分で決めていくとか、今、自分でやってることは自分が決めてやってるんだっていう意識で生きるっていうことなのかな。

銀色 うん。それはすごい大事だよね。……それ、基本じゃない？ すごく大事な。自分が選んでやってるっていうことを自覚するということ。ね。そうするとすごく物の見方が変わっていくと思うんだけど。

冨田 そうですね……。

銀色 あのさあ……、自己プロデュース能力っていうのも大事じゃない？ セルフマネージメント……、自己プロデュース能力っていうのも似たような感じ？ またちょっと違うの？

冨田 音楽とかの世界で言えば、プロデュースとマネージメントは違いますよね。

銀色 ああ。

冨田　プロデュースっていうのは、こういうふうにしていくという方針を立てるとか、まさに作り出す。何を作り出すかっていうのを自分で責任持って決めていくってことで、マネージメントは、たぶんそのプロセスを管理するとか、スケジュールをどう組んでいくかとか、そのスケジュール通りにいかなかった時にどう対応するか、みたいなことを見てあげること。

銀色　じゃあ、自己プロデュース能力っていうのはたとえば、……私はこういうことをやりたいっていうのがあるじゃない？　その人の夢、みたいな。それを実現させたいと思った時に、まわりの人に対して、こういうことをしたいんですっていうことを、伝えることができる能力みたいな感じ？

冨田　それもあるでしょうね。それもあるし、やる、って背中を押すとか、ぼんやり思ってたりすることを具体的に客観的に見て、今これをやるべきなんじゃないか、今年はこれで行く方向がいいんじゃないか、みたいな。

銀色　で、実際、いろいろやったりすることだよね。

冨田　やったり、言ったりしていくとか。やれてないのに、やるって言ってしまうこともプロデュースだと思うんですよね。要するに、やれてないけどやるって言っちゃうことによって、埋めなきゃいけない穴ができるじゃないですか。やれるようにならなきゃいけないっていう。それによってそれに取り組む必要性が出てくる。

銀色　うん。

冨田　そういう場を作っていくのもプロデューサーなんだと思うんですよね。たとえば私は歌を歌いたいけど今は歌えてない、ってとこで終わりにしちゃうのはプロデュースしてないことになるけど、私は今年、歌を歌いまーすって言っちゃって、ああ、この人、今年歌を歌っていくんだって思わせて、どうしよう歌えてないのに歌うって言っちゃった、っていう状況を作ることもプロデュースだと思うんです。

銀色　うん。

冨田　そうやって背中を押されていくじゃないですか。そういう状況を自分で作ることが上手い人っていうのは、自己プロデュースが上手いってことになると思います。僕なんか結構、そういうタイプなんですけどね。

銀色　それは大事だと私も思ってて、……私は人が何かやりたいって思った時に、何をやりたいのかっていうことが自分ではっきりわかってて、それを人に説明できたとしたら、7割ぐらいはもう大丈夫だと思うの。

冨田　うんうん。

銀色　でも、いろんな人を見てると、はっきりわかってない人も結構いるんだよね。やりたいこと、夢があるって言ってるのに、よーく聞くと、ちょっと曖昧だったり。

冨田　え？　じゃあたとえばどんなふうになりたいの？　とかって聞いても、意外に、つきつめて考えてなかったりとか。それとか説明が下手で、気持ちはあるみたいだけど全然具体的に伝わってこなかったり、言ってるように行動に表してなかったり……。そういう人もいる……。

銀色　そっすね。そこはね……、セルフプロデュースとかマネージメントともつながると思うんですけど、自己対話とか、セルフ……。

冨田　その前の段階かな！　じゃあ。

銀色　セルフコーチング、とかいうことかもしれないですよね。

冨田　自分を表現するとか、自分を知るとか、そういうこと？

自分と会話すること。説明って、まず自分に対して説明をつけていったり、自分の中で、そこ曖昧じゃない？　どんなことやりたいの？　って自分に聞いて、自分で答えていくっていう、……書く作業だったり。

硬く言うと、自己分析になるんだけど、自己対話とか、セルフコーチング。自分で自分に何をしたいか聞いてあげることで明確になっていくじゃないですか。

（そこにあった絵を指して）たとえばこの絵が、まだ描けてないとして、ここの緑はここの緑より濃いの？　薄いの？　って聞いてあげることで、「こっちの方がちょっと薄めだけど、薄いっていうより明るめかなあ」とかって、聞いてあげることで自分のピントが合っていくっていう。そういう対話を自分とする癖がついてる人は自分とその会話ができているから人に対してもそれをしゃべれると思うんですよ。でもそういう、自分と会話するとか、自分に聞いてあげて明確にしていくっていう作業が日々の中に取り込まれてないと、結局、人に対してもそれができないっていうことで、それは能力っていうより生活習慣だと思います。

銀色　じゃあ、セルフマネージメントってこういうこと？　こういうことをやりたいって思っていろいろやったりしてる人がいるとして、でもすごい気分にムラのあるタイプの人とかだとさ、コツコツやる時もあれば、爆発して人の言うことを聞かなかったり、わがままになっちゃったり、ちょっと人を裏切っちゃったり、約束を守れないとかなっちゃうでしょ。そういうふうに自分のことをうまく管理できない人が、セルフマネージメントができないっていうのに入るの？（前回もこういうの聞いてたね。ずいぶん気になってるのか、この話が好きなのか）

冨田　入る……でしょうね。でもそれができるかできてないかというのもあると同時に、タイプもあると思うんですよね。

銀色　どういうセルフマネージメントの仕方をしてるかっていう時に、アーティストでも、そういうふうに、もうやめた！　やんない！　みたいになったり、でもそれもプロセスで、そのあとにまた落ち着く時が来るまで待っててあげるみたいなマネージメントもあるわけじゃないですか。それを自分に対してしてあげられるんだったら、突然カオスが起こったり、ぶっ壊したりとか、やるって言ったりやんないって言ったりしてもいいと思うんです。その過程をずっと見守っている、要するに最初にやると言ったこととか描いたことっていうのを、状況が変化してもずっと見てあげてるというのがマネージメントのひとつ。

家族のように面倒を見るっていうイメージなんですよね、僕の中でマネージメントっていうのは。

冨田　自分を？

銀色　セルフマネージメントの場合は自分を。目的地を見失わないで見てあげてる自分がいるっていう状態で、同時に見てる自分じゃなくてプレイヤーになってる自分もいて、その自分はぐちゃぐちゃになったりとかするのかもしれないけど。その自分しかいないと、ホントにもうなんだかわかんないことになっちゃうじゃないですか。

銀色　うん。

冨田　でもそこでちゃんとスタート地点とゴール地点と、その途中のプロセス、で、今どこの段階にいるかみたいなことが見えてれば、結局は……。

銀色　大丈夫？

冨田　うん。大丈夫じゃないかなと思いますけどね。

銀色　まあ、本当に変な人はダメってことだよね。

冨田　うーん。なんともいえないなあ〜。

銀色　まわりにちゃんとやってくれる人がいる人もいるしね。

冨田　そうっすね。結局みんなそういうふうにもたれあって、マネージメントしあってるっていうか。

銀色　何人かで一緒にやってる人は、みんなでうまくいけばいいんだよね。みんなでひとつの輪になれれば。自分はちょっとはちゃめちゃでも、ちゃんとした人がまわりにいて、うまくいくっていう可能性もあるしね。チームでやってる場合は。

冨田　そうですね。イベントとかでもそうだと思うんですけど、たとえばイベントの実行委員とか運営委員なんかの輪の中でそのイベントを成功させるプロセスをみんなで進めて行くって時には、そのみんなで共有している何かをマネージメントできる人がいればぐちゃぐちゃになっても大丈夫っていうことがいえると思うので、まさにその通り

銀色　だと思います。
冨田　うん。
銀色　同時に、そこに対して自分はどういう目的で関わってるかとか、そういうことってひとりひとり、実は違うじゃないですか。
冨田　違う。
銀色　だからそこでもひとりひとりが自分自身というものに対してもマネージメントできてると、楽ですよね。だれかひとりイベントのマネージャーがいて、他の人はイベント全体のことは見えてないっていう状況でもひとりひとりが自分のことをちゃんと見えてると、楽。でもそれがないと、いつのまにか勝手にテンパっちゃってるみたいなことは起こりえますよね。
銀色　……やっぱりさあ、その人が今いる環境は、その人が作ってるっていうふうに思う？
冨田　その人が……？
銀色　その人の環境はその人の反映だと思う？
冨田　ああ、そうだと思いますよ。
銀色　だよね。
冨田　うん。その人が意識的であれ無意識であれ、両方絶対あると思うんですけど、その両方がないまぜになって引き寄せてるんだと思います。

銀色　そうですね。それがわかってると楽ですよね。楽っていうか、なにか起こった時に、パニクったりどんな感情が湧いても冷静な自分がどこかにいて、ああ、これは……、何かの意味があって起こってるんだろうなあっていうふうに思えるし、ちょっとユーモアがわくじゃないですか。

冨田　そうそう。

銀色　シビアな状況でユーモアがわくのは大事ですよ。笑えちゃうっていうか。僕はそれはすごく……痛感してるぐらい実感してるかな。

銀色　うん。

冨田　自分の気分っていうのは毎日変わるけど、もっと深いところで言うと、何かに気づいて物の見方が変わったっていう体験があると、そのあとの世界ががらっと変わったり人間関係ががらっと変わったりすることがすごくあるので、やっぱり自分の反映なんだなと思いますね。

わがままはいかんとか、自己中心はいかんっていう言い方もあるけど、僕は本当の自己中心というのは人を困らせたりするようなものではなく、ちゃんとスッと立ってるっていうことだと思うので、僕はすごい大事なことじゃないかなっていうふうに思うんですよね。

銀色　わがまま、オッケーっていうか。

冨田　自分を大事にしてたりとか、今起こってることは自分の内側の世界の投影だっていう意味での、自分に引き戻して考えるとか、そういう意味ですね。我が、まま。ここに起こっている、っていう純粋な意味です。

銀色　うんうん。

冨田　やっぱりひとりひとりタイム感って全然、違うし。

銀色　時間に対する感覚ってこと？

冨田　時間に対する感覚とか、生きてる時間のゆっくりさとか早さとか、沈黙の感じとか。だから本当はね、ひとりひとりやっぱり自分の時間を生きるっていう意味でのセルフなんとか、みたいな……。

銀色　私やっぱりね。人ってその人の世界にいると思うんだよね。その人だけの世界に。

冨田　うん。

銀色　たくさんの人がいるけど、みんなその人の世界にいる。たくさんの人がその人の世界の中にいながら、たくさんの人が同時にいるっていう感じがすごくする。こういうふうに話してても私には私からしか見えないじゃん。

冨田　うん。

銀色　私の世界でしかないんだよね、これって。

冨田　うん。

銀色　ここにこう……スクリーンのように投影されて人（冨田さん）がいるけどさ。そう思うとちょっと不思議になるんだけど、いっつも。

冨田　うん。そうっすね。……やっぱり、だからこそ、あの人に言われたからとか、これやったらあの人に怒られるんじゃないか、っていう意味で自己中心的じゃない感じになってしまうとビクビクしてつらいってこともあるだろうし、なんかあった時に、あなたこう言ったじゃないみたいになっちゃったりとか、……すごく振り回されるつらさがありますよね。

銀色　わかった。自分を自分の判断にしろってことだよね。人の判断を自分の判断にしないってことだよね。

冨田　そうそう。同じことだと思うんですけど、人の判断と自分の判断とを見分けられるっていうことでもありますよね。

銀色 うん。

冨田 たとえば、そうだな……。今、僕は赤信号で待っているけど、なんとなく待たなきゃいけないっていうのじゃなくて、これは国がこう決めたことでそれを僕が受け入れているから今ここで待っているっていうのと、あの人が言ってるから待ってるっていうのは、同じことなんだけど、厳密に言うと違うなって思います。

銀色 なんかさあ、人の言うことが気にならなくなったらとても楽じゃない？　ためになる意見は聞くけど、そうじゃなくて、ちょっとしたさ、人の言うことをすごく気にしたり、傷ついたりしたくないっていうか、そんなことを気にしなくていいのにっていうことって多いでしょう？　人から、あなた、嫌いって言われてさ、それで傷つきたくないじゃん。その人が勝手に嫌いだったらそれでいいわけで。そんなことがあんまり気にならなくなれたらいいなと思うんだけど。

冨田 うん。そういうことって全部、折り合いをつけていくっていうか、こうするかああするかしかないっていうことはなくて、常にグレイゾーンはあるから。そうは言ってても僕でも人の判断に流されてることってあると思うし、でもその違いを知っとくと気づけるチャンスが増えたり、自覚的に生きてるっていう実感が増すじゃないですか。僕の世界を生きている。

銀色 うん。

冨田 僕も、そういう……、なんていうんだろうな……誹謗《ひぼう》中傷じゃないけど、ちょっと、うわって思うようなメールとか見た時に、応じないっていう、反応しないっていうのもひとつの礼儀というか、やさしさというとカッコいいけど、いい対応かなって思う時があるんですよね。

銀色 うん。

冨田 それはね、どういう時かって言うと、あ、これは、この人の中のストーリーだな、みたいな。

銀色 ああ！

冨田 この人の中に、何かに対して怒りたいっていうものがあって、その最終的なきっかけを僕の中に見出したんだなっていう時は、

銀色 そういうことってあると思う。

冨田 その人のストーリーがその人の中で成就しさえすればよくて、僕はあんまり関与する必要がないということがあって、実際そうで、逆になんか応じすぎてしまうと、

銀色 そうそうそう！

冨田 火に油を注いでしまって、すごいエネルギーを奪われてしまうというか。でも僕のエ

ネルギーを奪ってっても、たとえば僕がその人に関心を向けて応えていくことで、その瞬間は相手も気持ちいいかも知れないけど、結局お互いのためにならないですよね。

銀色　うん。そう思う。

冨田　僕は疲弊するし、相手もただただ依存的になるだけだし、他人のせいで私は不愉快だっていうモードを続けさせてしまうだけだから。

銀色　うん。私……、いつだったっけ……去年だっけ、おとといだっけ……、すっごく嫌だったのがあって、1個。だいたいあんまり気にしないタイプだと思うんだよね、私、人から言われることを。一瞬嫌な気持ちになるけど、かなり早く忘れられるタイプなんだけどさ。

ちょっと知ってる人からメールがきたんだけどさあ、その人もなんか物語を作ってるみたいな感じで、最初私のことを悪く言って、でも大丈夫よ、みたいなことを言うの。上から目線で勝手にけなして勝手に慰めるみたいな。……なんか。なに？　って思って。すっごく嫌な気持ちになる内容だったの。わけがわかんないんだけどさ。気にしないようにしようって思ったけど、その人のいやあな感じが残ったの。その人の悪意みたいなものに、いやあな気持ちにさせられちゃってさ……。すぐ消しちゃったけど消さなくてもよかったかも。またもう一回見たいぐらい、嫌な感じだったんだもん。

アハハ。

冨田　ふう−ん。

銀色　あるよね。

冨田　ある。

銀色　その人、私のことすごく気になるんだと思う。親しくないけど、よくちょっかい出してくるし……。

冨田　でもやっぱりね、そうは言っても僕もそれを見てるっていうことは、僕の中の何かの投影だなって部分もあるし、否定されたりするようなことがあったらもちろん反省しなきゃいけない部分もあるのかなって思うし、たぶん反省してると思うんですよ、無意識的に。
でもそれでもやっぱり、明らかにこれは相手を傷つけようとして書いてるなっていう文章というのは、その人のためにもなってないし、僕のためにも、やっぱ、なってないと思うんですよね。

銀色　うん。

冨田　だからそういうものはね、もう、スル−。暴力に対しては非暴力、不服従。不服従っていうことの大切さをそこで思いますね。

銀色　うん。

冨田　何かすごい攻撃のエネルギーを感じた時に、それに対して違和感があるのに、表面的にただただ全部受けてしまうっていうことを、表面上しなきゃいけない時もあると思いますよ、火消しのように。だけど本当に心の底から服従してしまうのは、相手のためにもなんないし、自分のためにもなんない。

銀色　うん。

冨田　どっかで笑って受け流すところがないと、エネルギーの奪い合いに巻き込まれてしまう。

銀色　うん。だってさあ、嫌なものを人に出した人って、それを相手が受けなかったら、その人に返っていくと思うんだよね、その嫌なものって。出した人に。嫌な気持ちが去らないと思うんだよね。もやもやしてるんじゃないかな。

冨田　そうですね。それで気づくと思う。気づかないからずっと続ける人もいると思うけど、振りかざし続けてほしくないですからね。……そこで攻撃をして相手が傷ついたり、相手が平謝りしてくれたら、その人はそれが嬉しいから他の人にも続けてくと思うんですけど、いい意味で無視に近いスルー、肩透かし食らった感じっていう、そういうやり方もありだなっていうのは最近すごく学んでますね。

銀色　まあ私はさっきの人とは二度と関わらないって決めて、そうしてるからいいんだけどさ。
でも……、私、考えたの。なんでこういうことになっちゃったんだろうって。そしたらやっぱり原因があったっていうか、ちょっとこの人、変だなって思った瞬間が実はあったの。その前の段階で何回か。

冨田　うん。

銀色　でも変だなって思ったにもかかわらず、その時に、あまり注意しなかったの。ちょっとおもしろいかもしれないからこのまま続けよう、みたいところがあったので、やっぱり、ちょっと変だなって何回か思った時のあの気持ちはすごく重要だったなって思った。

冨田　うんうん。

銀色　ちょっと私の中に、おもしろごころがあんのよ。変なものを見たいとかさ、嫌なものの嫌さを知りたいっていうところがすごくあって、わりと突っ込んで行っちゃうところがあるの。嫌なものに対して。
別にそれはいいんだけどさ。もうちょっとそこで、嫌なものの中でも、本当に嫌なものと、ちょっとおもしろい嫌なものとがあるからさ、本当に嫌なものには敏感にならなきゃいけないと思った。

冨田　うん。

銀色　悪意とか嫉妬があるみたいな嫌なのは嫌だ。でもちょっと変わり者の嫌なのは、ちょっと好き（笑）。

冨田　そうですね。その人の資質としての違和感とかはけっこう許せる。……けど、資質じゃなくてやり方が汚いとか、やり方が暴力的っていう、無意識的であれ、その人が選んでそうしていることに関しての気持ち悪さには応じたくないですね。変えられるはずだし。

銀色　うん。そうそう。そういうのは離れればいいんだよね。もうね。

冨田　と思う。

銀色　……私、なんか……。それとは違うんだけどさ。怒り、……怒ることあるじゃない？

冨田　うん。

銀色　怒ることって悪いこともあるけどさ、イライラして怒ったりするのってよくないけど、正しい怒りってあるでしょう？　義憤に駆られる、みたいな。あの怒りはすごい好きで、よく、人が何かに対して怒ってる文章とかを見て、その怒り方に惚れる！　みたいな時があるのよ。
正しい怒りって、とても素晴らしいと思わない？

銀色　うんうん。

冨田　最近そういうことをちょっと思ってさあ。

銀色　あと、怒りが自分を表現する力になることもあるよね。
ずーっと我慢してたけど、強い怒りによって初めて伝えることができたとか。

冨田　ありますね。

銀色　いいなと思うの。

冨田　それもなんかね、資質っていうか、自然に生まれ出てくるものと、それを振りかざすというのの違いで、振りかざしてまき散らしてしまうと大変だけど、それが湧き出るということに関しては否定しようがないですもんね。

銀色　うん。

冨田　否定しようがないし、僕もある時思ったんですけど、自分の中から湧き出る自然なものを差別してたなって。

銀色　どういうこと？

冨田　うれしい気持ちは、素晴らしい。とか、やさしい気持ちも、素晴らしい。楽しい気持ちも素晴らしい。有難い気持ちが生まれても素晴らしい。でも、悲しい気持ちが生まれたらダメ、とか、怒りの気持ちが生まれたらダメ、とかね。なんで俺、差別してたんだろうみたいな。そうじゃなくて全部、聖なるもので、ああ、そういうものが僕の中にあったんだねっていうふうに、それもセルフマネージメント、セルフコーチングに近いのかな。自己対話。僕は自分の中からぐーっと涙が出るぐらいの怒りが湧いてきた時に、そういうことに気づいたあとだったんで、ああ、俺の中にこんな感情があったんだ。でも気づけてよかった、って思ったんですよね。

銀色　うん。

冨田　で、そういうふうになると、その生まれたエネルギーは客観的に見れたことによって使えるものに変わるんですよね。それが何か次の行動の原動力になったりする。使えるものになる。まき散らすことのない何かになる。それは僕も同感ですね。

あと、怒りも、変容するっていうか。あ、怒りがあるんだな、すごい怒りだなあとかって、ずっと観察してると、寄り添ってると、だんだん慈しみに変わったりするんですよね。

ああ、この怒りは悲しみってことだったんだ。こうなっちゃいけないだろうっていう気持ちだし、よく見てみると、こうなったらいいっていう気持ちが根っこにあるからそう思うんだな、みたいな気持ちになったりして、そっちに自分の行動とか選択が向くようになって行って。ちょっとヒーリングに近いですけどね。

銀色　うん。私がすごく怒ること、怒りを感じていたのは、人が人をだます、知識がない人をだますような人を見た時にすごい怒りを感じてたのね。すごくそういうのが嫌いで。

冨田　うん。

銀色　でも、いろいろ学んでいくうちに、そういう、人をだます人はいる、って言われたの（エクトンに）。そういう人たちが存在するのは、「人類が進化していく過程で起こる自然な出来事のひとつだ」って説明されて、なんか納得しちゃって。魂的に幼いっていうか、いろんなことを知らない人、小さい子どもだと思えば、確かにそうかもって思えてきて。

そういうことを思ってからは、怒る気持ちが……、本当にひどいって思って怒りを感じてたんだけど、そういう、人をだます人に。でも、あ、そうか、それも進化の中のひとつの段階で、途中で、人類にはそういう成長の段階があるのかもなあ～って思ったら、あんまり怒らなくなっちゃった。長い目で見ると、そういう人たちも変わっていくのかなあ、なんて思ったりして。

冨田　うん。そうですね。なんか、……怒る必要のないことってありますよね、結構。これ

銀色　はまあ怒れることなんだろうけど、なんか怒る気しないなあみたいな。最近だと、なんだろう……。メディアは本当のことを伝えてくれない、みたいなことが結構、最近、流行ってて。メディアに対する評価とか判断が変わるのはいいと思うんですけど、まだ怒ってんの？　そのことについて。もっと冷静に分析すればいいのに。そんなに怒れるなら。

そうすると、メディアっていうのは別に、正しいことを伝えてくれる……、っていうその正しさっていったい何か。本当に唯一の普遍的な正しさなんていうのはないし、立場が違うとか伝えたいことが違うっていうことだから、それぞれのメディアならメディアのひとりひとりにフォーカスしたり、一社一社にフォーカスして、このメディアはこういう立場で伝えているんだな、だから私の聞きたいこととはちょっと違うな、っていうふうに判断していくと怒りっていうのはなくなっていくと思うんだけど。正しさを外に求めて依存してると、正しいものをちょうだいってなってしまって、で、くれないとぐれる、みたいな。

冨田　で、正しくないと思うものを見つけたら攻撃しちゃったりしてね。

そうそう。それもやっぱり、その人のプロセスかもしれないし、その人はずっと変わらないかもしれない。その役割をずっとやり続けるしかないっていう存在も、僕はあるかもしれないなと思ってて、だから僕はもう関与しない。その人はそれをしてたらいい、というふうに最近思うかな。

銀色 うん。

冨田 ただ、出会ってしまったら、僕はそういう話をするし、それによって、そうか、そうですねって話になる場合もあるから、出会ってしまえばそれは僕は縁だと思って、

銀色 出会ってってていうのは、つまり自分と関わってしまうということだよね？

冨田 そうそう。僕の目の前で、冨田さん、メディアは本当のことを伝えてくれないですよね、って話をして、僕がそこで会話をする必要性が今あるんだなっていう気持ちになったら、そういう話をしていって、ああ、なんか怒る必要なかったですね、みたいな感じに変容する場合もあるけど、……フェイスブックとか見てると、僕の知り合いじゃない人も友だち申請とかしてきてくれて、全部承認してるから誰だかわかんない人がいろいろ出てたりするんだけど、そこで見える、まだこんなこと言ってんのかみたいなことに関しては、あんま怒らなくなってきましたね。昔は気分悪くて見たくないって思ってた時期もあったけど、まあ、そのストーリーをやってるんだなあと思って、これは関与する必要は別にないなあと思って、そのまま……。

銀色 うん。

トークイベント

本当に自分の人生を生きることを
考え始めた人たちへ

出演：銀色夏生　冨田貴史

2013年5月10日（金）開場17:45
開演18:30

きゅりあん大ホール（8F）JR大井町駅前

料金：4000円　＊未就学児童入場不可

チケット発売　2月10日より

チケットぴあ　電話予約　0570(02)9999
http://pia.jp/t
Pコード　622-800

銀色夏生HP　http://gininatsuo.com/

お問い合わせ　「夏色会」　090-3414-6558
natsuiro@gininatsuo.com

冨田　僕の中で、自分の中にある違和感とか怒りとか、そういうものに対しては、前よりもちょっと付き合い方が上手になったかなっていう気がする。

銀色　なにしろさあ、自分の今の環境は自分の反映だっていうことを常に忘れないでいると……。自分で選択すればいいんだよね。自分の嫌なものを選択しなければいいんだよ。認めなければ。……そう、気にする必要はないんだよね、別に。好きじゃないこと、興味ないことを。そうするとさあ、どんどん自分の好きな世界になっていく（笑）。

冨田　……そういえば、マネージャーやってたんですよね、僕。

銀色　うん。

冨田　で、その仕事を自分の中で区切りをつけて、今、気づけば、セルフマネージメントせざるを得ない状況にあるわけですよね。自分でスケジュールを管理して、ワークショップとかをブッキングして、調整して、交通手段調べて、宿泊を調べてとか、全部自分で管理してやっていく、っていう。

銀色　うん。

冨田　なんかそこで思ったのは、そういうふうに自分の中に、アーティストとしての自分とマネージャーとしての自分を統合していくことがすごく大事だし、……僕は自分がアーティストというふうに思うことをダメなことだと思ってたんだなって。俺なんかが、みたいな。アーティストは素晴らしくて、アーティストじゃない人は素晴らしくないと思ってたんだなとか。そこで自分を下げて劣等感を持ってたなとか、いろんなことに気づいた時に、もう……すごくあいだをはしょると、ひとりひとりが本当はアーティストなんですよね。ひとりひとりが表現者であって、

銀色　うん。

冨田　それはなにも、絵を描けたらアーティストとか、歌を歌えたらアーティストってことじゃなくて、日々を本当に自分の気持ちのいいようにクリエイトしていくっていうことは生活のひとつひとつでできるわけじゃないですか。料理をするとか、部屋をアレンジするとか、人との会話をプロデュースするとか。そういうスタンスに立てたら、セルフマネージメントっていうことがまた立ち上がってくるし。

銀色　そうそう。だから、ね。すべての人は同じなんだよね。そういう意味で。

冨田　だから、規定できないですよね。こうしたらいいとか、こうしないと怒られるっていうようなことではなくて、いったいこの冨田貴史という人間はこれから何をしていくような奴なんだろうとか、こういうことをさせたらどういうことになるんだろうとか、今こういうことをやりたいって言い出してるけど、やらせてみたらどうだろうかって

いうふうに見ている自分がマネージャーとしての自分で、そういう自分がいるとアーティストとしての自分はのびのびそれができるっていうか。

あとは、やりすぎたら止めてくれる自分がいたり、今は順番としてこれからやった方がいいんじゃない？　っていうふうに言ってくれる自分が自分の中にいたり、そういうバランスをとれると楽しいなっていうふうに、今、思ってて。

銀色　なんかさあ、人ってやっぱり、生きてるあいだにたくさんのことができる可能性をもってるのに、その中の本当にわずかしかやらないと思うんだよね。だからさあ、やってみたいと思うことは、たくさんやった方がいいような気がする。やりたいこと。楽しいこと、いっぱいあるし。

冨田　そう思います。百姓っていうのは、百の知恵を持っている人のことを言うらしくて、しみじみそうだなと思うんですよね。梅干しを作れて、味噌も作れて、柿も干せるし、薪割りもできて、こういうものも育てられるし、こういうものも作れる、わらじも作れて。

それぐらい昔の人って、みんながそうとは言えないと思うんですけど、日々に対してすごくクリエイティブだったんだろうなって。私にはできない、みたいなことじゃなくて、下手でもいいからやってみる。一回やっちゃうとやれる人になっちゃうっていうのあるじゃないですか。どんな下手でも人前で歌ったらまた歌いたくなったりするし、もう歌うもんかって思っても、どっかで練習してたりとかね、そういうふうになっていったりするし。

僕は乱暴に言うと、ある程度の図々しさは必要だと思ってて。僕、話すの上手ですねとかたまに言われるんですけど、そうじゃなくて、図々しいだけです。自分が本当に思うこととか、その瞬間言いたいと思ったことを言えちゃう図々しさが僕の個性のひとつで、そこで躊躇しちゃったり、考えすぎたり、こういうことを言っちゃいけないんじゃないかなとかいうブロックが、たぶん人より少ないんですよね。

銀色 ふうん……。

冨田 でもそういうことって大事かなあと思う。こういう絵描きたいなあって思った時に、下手か上手いかジャッジして、人に見せたら恥ずかしいかなって思って描くのやめちゃうより、とりあえず描いてみたらいいんじゃない？　って思うし、自分に対してもそれは思うし。

銀色 ……あの……、私がね。

私がいちばん言いたいことはなんだろうって、このあいだ考えたの。この世の中に。

生きて。表現することで。

冨田　たくさんあるんだけどその中でも特にふたつあって、ひとつは、すべての人は生まれたままそのままで愛される価値がある、っていうの、もう一個は、本当に恐れるものはない、っていうの。

銀色　うん。このふたつに、かなり他のものも含まれるなあって思って……。生まれたままそのままで愛される価値があるっていうのはさあ、いろんな人に会っていろんな悩みを聞いたりしたりするじゃん、そうすると、小さいころの何かでトラウマがどうとかさ、家族のこととか環境とか、わりとそういうのが多くて……、でも、なんかだんだん聞いてるうちにさあ、そりゃ確かにいろいろ影響はあると思うんだけど、親からの影響とか、前世に帰って前世の影響を見たりとか、でも、……そこまで、そこまでしなくても、それほどじゃないだろうって私は思っちゃうの。確かに大事は大事、家族や過去の影響を否定はしないし、ないがしろにしろとは言わないけど、それほどじゃない、そこまでこだわることじゃない。人ってそのままで、別に何かになろうとしなくても、そのままで個性的で誰とも違うでしょ？　どんな人も。素晴らしいと思うんだよね。すべての人が、その人であるっていうだけで。それは生まれたままでいいの。生まれた後に、自分以外のものになるためにいろんなことをやらなくてもいい。それを、言いたいっていうか……。そうすると、それ以外のものもそこに含まれるんだよね。今の自分を肯定することから始めなきゃいけないっていうじゃない。なにかに悩んでて変えたい人には。まず現状を肯定してからって。

冨田 うんうん。

銀色 でもそれもまた面倒くさいからさ、もう生まれたままでいい、何にもならなくていいって、そう言いたいの。

あと、怖いものはないっていうのは、恐れを持ってる人が多いの、いろんなものに。「悪」とか、「悪いもの」がある、っていう捉え方ってあるじゃない？ 世の中に。私は、ない、と思ってて、それは自分の中にしかない、自分の考えの中にしかないって思ってんの。

基本的に私は信じてるのよ。世の中の本質を。素晴らしいと思ってんの。なので、怖いものは存在しないと思うの。怖いもののように見えるものはたくさんあると思うんだけど。

……その2個。それを基本にして、いろんな角度から人に言いたいなって思ってるんだけど。

冨田　……なんか両方に関係してるのが、裁き、っていうのか。ジャッジメント。

銀色　……。

冨田　こうだからこうなってしまったと思うとか、ここが自分の中のこういうことだと思うとかって、要するに、そこまで判断する必要はないんじゃないかってことまで細かく判断して、私のこういう部分は過去世のこういうことの影響を受けていて、こういう役割があるからたぶんこういう部分が今あるんだと思う、みたいなこととかでしょう？　たぶん。

銀色　そうそう。ぐーっと行く人って自分ですっごく理由をつけて……。それは別にいいんだけどさ、どう考えても、晴れ晴れした感じがしないっていうか、わかんないけど、……晴れやかに生きていきたくない？　いきたいよね。

冨田　そこが前提ですよね。

銀色　うん。

冨田　反省って、時に必要だと思うんですよね。打ち上げとか、振り返ったり。でもそれは、それをやることが次のクリエイションにつながるようなポジティブなエネルギーであればいいと思うんだけど、あまりにも重箱の隅をつつくような反省とか過去の振り返りっていうのをやりすぎるのは、今こうなってることを否定することになったり、今こうなってることの理由を今ここにいる自分じゃなくて過去の何かのせいにしてるから、結局抜け出せない、みたいなこともありえるなって思いますね。退行催眠とかね、僕は否定しないし、ある意味で過去の何かつつかかりの部分をはずすっていうことが必要なことはあると思うけど、はまりすぎるとね、もう聞いてて面倒くさい。

銀色　だよね。あとさあ、前世を知りたいって言ってさあ、何十個も知ってもしょうがなくない？

冨田　しょうがないですよ。自然に聞こえてくるってことはあるし……。

銀色　自分でぼんやりわかると思うんだよね。もしそういうのがあるとしたら。何か惹かれる、心惹かれるっていうものが、すでにもうそのヒントだと思うし。

冨田　すごく曖昧だと思う。僕、過去世って。

銀色　そうなのよ。しかも過去じゃないっていう考え方もあるじゃん。時間っていうのは、ないって。……私、これ何度考えても実感できないから、悔しいんだけど。実際、今、時間があるから。でも、時間というのはなくて、すべては同時に存在してるっていう考え方もあるでしょう？

それを何度も想像してみるの。でもね、ピンとこないの。でも想像するのが大事でしょ？　時間はない、って想像してみるとかさ。それだけでも楽しくなるじゃん。枠がはずれるとか。物の見方が変わるから。

冨田　そうですね。そういう柔らかさ、というかね。柔らかさは大事だと思いますね。ガチガチになって過去を探り始めると、ガチガチな自分を作ってしまうし……。

銀色　だいたいさあ、生きてるあいだにいろんなことを全部、解決することなんて無理だと思うんだよね〜。たとえば前世があって、前世から絡んだ問題があるとして、それが今の家族にも反映してどうのこうのとかさ、前世とかじゃなくても普通の現実的な問題でもそうだけど、それを今のこの人生の中で別に解決しなくてもいいじゃんって思うんだよね。次にまかせれば？　とかさ。

冨田　そうっすね〜、そっかそっか。やっぱり教育……の中で身につけた思い込みかもな。その、解決するのがいいとか、問題を見つけて、その問題の解答を作ったら褒められるみたいなのがあるんじゃないんですか。そのために過去世から問題を見つけ出して、それを解決するために今ここにいるっていうと、ちょっと正当化された気がするっていうか。

でもそれはやっぱりどっかで評価の中にいるというか……。いいじゃん、0点で、ってことですよね。別に解消しなくたっていいじゃん。何かカルマがトラウマがって、別にいいじゃん、それがあったって、今楽しければ、……って感じになりにくい人、がいますよね。

銀色　うん。

冨田　人っていうか、状態とかね、そういうチューニングなんだと思うんですけどね。その時々の。僕もそういう時期、あったと思うし。でももっと適当でいいと思うなあ。今思えば。適当でいいし、それよりももっと楽しむべきものがあるし。本当のマネージメントって、自分のワクワクに水をあげるような管理だと思うんですよね。風通しがいいところに置いてあげたりとか、なんかそういう……促してあげるっていうかね、気持ちを。

銀色　……先入観とか偏見とかが、ない人が私は好きなの。より、ない人ね。より。もっともっと。私もなくしたいの。でもいつも気づくけどね。あ、思い込んでた、って。自分のそういうのがたくさんあることに気づくけど、でも一個ずつでも常になくしていきたいなと思ってて。人も、そういう人が好きで、そうすると私が自由な気持ちになるの。そういう人を見ると。私にとって楽しいからそういう人を見たい、って思う。

冨田　僕も、ワークショップやってるのって、想像だけで見ると、なにか教えてるって見る人もいると思うんですけど、僕は逆で、教わる必要はない、っていうことをシェアしたいんですよね。あと、ハードルを外したい。

銀色　うん。

冨田　もっと簡単だよ。簡単なことだし、もっと自由だし、もっと違う見方がある、っていうことをシェアしたくて、暦ってテーマ使ったり、エネルギーってテーマ使ったり。最近はもうすこし実践型みたいな形で、味噌作りのワークショップとか草木染のワークショップとかやってるんですけど、それもやり方を覚えてもらうことよりも、誰でもできるんだなって思ってほしいっていうか。

銀色　うん。

冨田　そんな難しいことじゃないんだ、っていうことを一個体験できると、これももしかしたら簡単なのかもしれないとか、これももしかしたらできるかもしれない、っていうふうに意識の中のハードルがパタッと消えてしまう。そういうきっかけって僕の人生の中ですごくたくさんあったし、それによってどんどん楽になっていったから。ハードルはない、入り口の鍵は常に開いてる、そこからその体験に入ったあとに、自分でよりよいものを作って行きたいとなれば、味噌のクオリティが上がってったり、染め物のクオリティが上がってったりはするけど、できないっていうのは幻想のハードルだと思うんですよね。それを外すのが好きなんだな。たぶん。おもしろい。

銀色　うん。

冨田　ちょっと話が違うんですけど。専門学校で最初にイベントの企画制作の仕事をしたいっていう高卒の学生、何十人と接した時に、企画制作をやりたいっていうぐらいだから、すごいイメージがいっぱいあって、僕にたてついたり、自分のやり方をすごい主張してきたりっていうぶつかり合いがあると思って楽しみで始めたのに、みんな、教えて下さい、なんですよね。どんなイベントやりたいかって聞いても、アイデアがないんですよ、ほとんど。

銀色　うん。

冨田　で、これは……教え込まれすぎたんだなあと思って。学校の中で。逆のね、引き出されるってことを全然されてないんだなと思って。そっから僕、コーチングとかファシリテーションを学んでそこでやり始めたんですけど。

銀色　引き出すために？

冨田　そうですね。引き出すとか、聞き出すとか。

何がしたいの？　って、まさに絵を描きたいっていう人に対して、キャンバスに一緒に向かいながら、この山はどれくらい遠くにある山なの？　とか聞いてあげると、どんどん描けていく。描いたことがない人にも聞いてあげると、その人の頭の中にある絵が具現化されていく、っていうのをやってたんですよ。いつごろやりたいの？　どれぐらいの規模なの？　みたいな。それを自分たちで自問自答しながら企画できるようにしていくと、あとは自動で事が進んでいくから。そういうことをずっとやってたんですけど、一番最初にやったのは、これはパクリなんですけど、やりたいことを100個書く、っていうのをやらせたんですよね。

冨田　言ってたね。

銀色　多くの学生は、最初、10個も書けない。真面目な子ほど書けない。

冨田　うん。

銀色　やっぱり、いいことを書こうとするとか、そこに書いたことはやらなきゃいけない気がしちゃうとか、そんなんがいろいろあってガチガチで。間違っちゃいけないっていう感じとか。だからもう、なんでもいいから書いてとか、どうでもいいことこそ書いてとか、それこそトイレ行きたいとか、今日帰りに本屋で立ち読みしたいとか、そんなんでもいいからどんどん書いてくれる？　って言うと、ちょっとずつ書けるようになってきて、で、そういう子の方がいいアイデアが出るんですよね。ばーって自由気ままに書いている中にだんだん深いことが出てきたりとか、本質的なことが出てきたり、またその中にどうでもいいことがまた出てきたりっていうふうに、数を出させた方が、いいことを一個出そうとしてガチガチになる人より、クリエイティブになっていく。

銀色 うん。

冨田 だからやっぱり、ハードルとか、漠然と自分の中にある他人の目とかジャッジっていうのを外す機会を作っていくのってすごいパワフルで、やっぱり、それをやっていくとだんだん変わっていくんですよね。学生が。自分の言いたいことを言えるようになっていく。

銀色 うん。

冨田 だから、そういうそれぞれが今持っている、刷り込みとか思い込みとか幻想のハードルっていうのは、ゆゆしき問題だと思うんですけど、それこそそんなに悩む必要はなくて、外しちゃえばいいだけ。刷り込みも思い込みもハードルも、外せばいいだけで、それは実は、やろうと思えば一瞬でできちゃうこと。

銀色 うん。

冨田 だから僕はそういう意味で、深刻じゃない。そんなに悩むことでもないと。

悩んでる人に対してそんな悩むことないよって、気軽に言えるか言えないかは別として。

銀色　アハハ。気軽には言えないよね、目の前ではね。

冨田　ね。その人のその状況も大事だから。

銀色　その人が自分で、そっか、そんな深刻なことじゃなかったんだなって気づくように導ければいちばんいいよね。

冨田　そうですね。

銀色　私もやっぱり最後は、その人の手で最後の結論を出してほしいんだよね。途中まではヒントを与えても。

冨田　うん。見せてくっていうのは、すごい、いいですよね。

銀色　なにを？

冨田　自分のやり方を。やってることとか。

銀色　うん。私はそのタイプ。私は説明は下手だし、説明するのが嫌いなんだけど、態度や行動で見せて、それでなんか思ってほしいと思ってる。気づく人は気づく。気づかない人は気づかないんだけど、それでいいの。その人なりの深さで見てもらえているので。

私の中にはいろんな段階で見せてるものがあって、……すべてのものはそうか。すべてのものにいろんな段階があるでしょう？　その中で、見る人の視点の深さによって受け止めてもらうものは違う、それもまた私は楽しいなと思ってて。

冨田　うんうん。

銀色　このあいだ、真剣なことを話す会っていうのをやって、いろんな人の感想をそのあともらったんだけど、私がいちばん好きだった感想があって、私の立ち位置がおもしろいということに途中から気づいてそれからはそこばかりを見ていました、っていうの。みんなと私との位置関係みたいなもの。私はそういうところを見てもらえることをすごくうれしいと思った。それも私が見せたいことのひとつなんだよね。実際に話す内容以上に。
たとえば、私がそこで何も言わなかったとか、笑ったとか、笑わなかったとか、一瞬言いよどんだとか、それもすべて私は意識していて、意味がある。それも答えの一部になってる。……そういうところを見てほしい。
いちばん大事なんだけど、私にとってはそれが。それを感じてくれる人もいて。私には、私のすべてが答えで、表現なんだよね。それはでも、私以外の人にとってもそうなんだと思うし、そうあるべきだと……。

冨田　さっきほら、人生が変わるって言ったでしょ？　物の見方が変わると。

銀色　うん。

スターとかじゃなくても日常生活そのものがその人にとっては……、その人の人生が舞台のようなものでしょ？　主人公で。そうすると毎日はやりがいがあるはず。そうであるべきだと思うんだよね。生きることって。

冨田　うん。

銀色　そういうふうに思える時って、どの瞬間も楽しいよね。私もそう思える時って、いつも楽しいの。まあ、時々しゅんとすることもあるけど。そう思えない時はダメなんだけど、そのことを思い出せてる時はいつも楽しい。

冨田　ありますよね。なんか、プレイっていう言葉についてちょっと深めていた時があって。

銀色　うん（笑）。

冨田　遊ぶ、って意味もあるでしょ？　でもプレイヤーって言葉があるように、役割を演じるとか、チームの一員として動くことでもあるし、ロールプレイングみたいな役割りを果たすみたいな意味でもあって、けっこう深いなって思ったりして。遊んでるようでいて、実は何かの役割りを果たしてる人っているじゃないですか。それってすごい理想的だと思うんですよ。アクターっていうか、演者、っていうのもプレイヤーだと思うし。そういうところに自分がいるって思えるってことは、客観的に見られてるってことでもあると思うし。

なんかそういうふうに思える瞬間ってあるんですよね。すっごい忙しい、なんで俺こんなに過密な感じで今日やってんだろうって思いながら、どっかで、いやあ〜、今、試合でいうと大詰めですね〜、ここをなんとか乗り切れるんでしょうか、みたいな感じで見ている自分がいるっていうのが感じられると、よーし、乗り切るぞーってなるし、それがないと、なんで俺こんなになってんだろうとか、ただただテンパっちゃう。同じ忙しい状況にいても、それをプレイできてるかどうかって、すごく大きく違うなと思う。

銀色 ……修羅場ってあるじゃん。

冨田 うん。ある。

銀色 私、あんまりなかったと思うんだけど、自分の人生の中でね。でも、あ、これ、ちょっと修羅場だな、って思った時があったのよ。かつて。男女間の（笑）。でも、その時、私はもうこういう性格だったからっていうか、まあ、根本的なんだと思うけど、めっちゃ修羅場の時に、やっぱそれを見ている自分がいて、……その時って、なんか怖い状況だったんだけど、その客観的な自分がいるわけ。冷静な。……意外に私、嫌いじゃなかったな。修羅場。

冨田　うんうん。

銀色　つまり、なんか……、なんだろう……、人生の深淵を覗く、みたいな感じ。

冨田　うんうんうん。

銀色　もうちょっとそれ……、めっちゃ真剣で、怖い瞬間だったんだけどさ……。意外に嫌いじゃないのかもしれないなあ……。

冨田　わかる。

銀色　アハハ。

冨田　ちょっとプッと笑えたりしてしまって、でもそのプッという笑いをここで出したらめちゃめちゃ怒られるだろうな、っていうぐらいの状況でも、なんかちょっと自分の中で楽しんでる自分がいたりする……っていうのは僕もわかります。

銀色　うん。なんかね、やっぱり真実に迫ってるんだよね、そういう時って。人がすごく感情的になってるとか、真剣になってる時って、真実にすごく近いところにいるからさ、リアルに生きてる感じがするんだよね。だからかも。

冨田　わかるなあ……。修羅場ぬけると、それこそちょっと世界が変わったりしますよね。

なんかが落ちた気がする。膜みたいなものとか、剝《は》がれ落ちるべきものが剝がれた感じっていうか。修羅場の後の脱力の時って、すごい、ウロコがとれたような気分になるっていうか……。

銀色 あとさ、すっごく熱中して執着してたのに、それがふわっとなくなる時あるじゃん。あれも不思議。あんなにこだわってものすごく執着してたのに、なに？　この、なんともなくなった感じ……。あれはすごく自由を感じる。

冨田 うん。そこで、こうせねばならない、に囚われちゃうと、こんなふうに思っちゃっていいのかなってなったりするんですよね。

銀色 ふうん。

冨田 僕はその両方を感じたりすることもあるんですよね。こんなにあっけらかんと思っちゃっていいのかな。あん時あんなにシビアに思ってたのに。

銀色 ああ……。

冨田 こんなに変化しちゃっていいのか？　とか思っちゃう時もあるんだけど、そう思ってる自分と、正直さ。しょうがない、もう今はこういうふうに思っちゃって吹っ切れてるんだから、吹っ切れたままいこう、みたいになるっていうかね。僕、けっこうシビアになりやすいっていうか、現場にチューニングしすぎる場合があるんですよね。

幻冬舎文庫

旬な女たちフェア

最新刊

表示の価格はすべて税込価格です。

アロハ魂

小林聡美

お前が感じず、誰が感じるこの魂！

ロコフードの洗礼、幸せなフラ修業……。十二年ぶりに訪れたハワイ島で出会ったたくさんの〝アロハ魂〟たち。さりげない発見と驚き、そして温かな笑いに満ちた、ハワイ島をめぐる旅エッセイ。

520円

さようなら、私

小川糸

会社が嫌い。母親が嫌い。でも、こんな自分がいちばん嫌い。

帰郷した私は、七年振りに初恋の相手に再会する。昔と変わらぬ彼だったが、私は不倫の恋を経験し、仕事も辞めてしまっていた。嫌いな自分と訣別し、新しい一歩を踏み出す旅に出た女性を描いた小説集。

文庫オリジナル

560円

銀座缶詰

益田ミリ

家事も、余暇も、仕事も毎日したいことがいっぱい。

ほうれい線について考えるようになった40代。まだたくさんしたいことがあるし夜遊びだってする。既に失われた「若者」だった時間と、尊い「今この瞬間」を掬いとる、心揺さぶられるエッセイ集。

文庫オリジナル

480円

幻冬舎文庫 旬な女たちフェア

本当に自分の人生を生きることを考え始めた人たちへ
銀色夏生

よくは知らないけど、どこか似たようなことをしていると感じる冨田さんとの会話の本。「変わった本になるかもしれないと思ったら、本当に変わった本になりました」（銀色夏生）

文庫書き下ろし

600円

花祀り
花房観音

話題作『女の庭』の著者、衝撃のデビュー作!!!

「男を知らん女なんぞ、一流にはなれしまへん」。京都の老舗和菓子屋で修業する桂木美乃。ある夜、主人に連れて行かれた秘密の一軒家で……。京の粋と性を描き切った、第一回団鬼六賞大賞受賞作。

600円

3年後のカラダ計画
槇村さとる

56キロ→48キロ　体重に一喜一憂しない、大人ダイエットの記録。

減量しよう。一念発起した漫画家が2年間の試行錯誤から導き出したキレイの法則を紹介する。朝晩のマイ体操や午前中は内臓を休めるなど、体重に一喜一憂し

520円

神様のすること
平安寿子

誰もが経験する肉親との別れをペーソス溢れる筆致で綴った傑作！

630円

リテイク・シックスティーン
豊島ミホ

「未来からやってきた」クラスメイトとのせつなく輝く青春の日々。

800円

変身写真館
真野朋子

文庫書き下ろし

大胆に変身させてくれる写真スタジオを訪れる、様々な思いを抱えた女性たち。

560円

マサヒコを思い出せない
南綾子

文庫書き下ろし

かっこよくて自惚れ屋のマサヒコを捨て、六人の女たちは一歩踏み出す――。

680円

花の日本語
山下景子

ガーベラは花車、フリージアは香雪蘭……草花の和名をどれだけ知

630円

銀色　たとえば？

冨田　うーん。すごく大変そうな状況に立ち入った時に、すごく大変な気分になってしまうとか、自分が。

銀色　うん。

冨田　過剰に悲しんでしまったりとか。

銀色　うん……。私はね、人と会った時、その人の感情に同調してしまうことがある。それはね……、なんかね……、そこまでしない方がいいなとは思うけど。あんまりそうなっちゃうと、私がなくなってその人になっちゃうんだよね。その人と同じになっちゃって、そうなるとね、……もう先がないの。あんまり一緒だと。

冨田　立ち位置って話ですよね、さっきの。同じ立ち位置にふたりが立っちゃったら成立しないっていうか。あくまでもその人の立ち位置と、自分の立ち位置っていうのがはっきりしていた方が、はたから見ても気持ちいいし、お互いにとってもいい動きができますよね。
僕がさっき言おうとしたのもたぶんそういうことだと思う。現場に移入しすぎる。それは結局、人だし。でもそれが相手のためになるかっていうと、相手のためになってなかったりするし自分もベストのパフォーマンスができない。はまり込んでしまうと。

寄り添うということと、どっぷり感情移入してしまうのは似てるけどちょっと違いますよね。

銀色 自分がさ、いちばん自分を発揮できてるなって思う時ってどういう時？

冨田 えー？ 自分が……自分をいちばん……発揮できてる……。

銀色 気持ちよく。

冨田 どうだろう……。最近は発揮できてないって思わなくなった。

銀色 じゃあ、常にその状態にいるってことなのかな。

冨田 に、なってる気がする。むしろ発揮できてない時っていうのが、まさに勝手に作ったプレッシャーとか、勝手に作った締め切りとか。

銀色 うん。だいたいさあ、ちょっと焦ってたり、ちょっとモヤモヤしてたりするのって、まず、その時点ですでにおかしいんだよね。さっきの私たちの観点からいうと。その時って自分が見えてないじゃん。あの、環境は自分の反映とかってことを忘れてる時にそうなっちゃう。イライラしたり。それが合図だよね。

冨田 サイン、っていうかね。

銀色 そうじゃないふうにもできるわけでしょ。

冨田 なんかそういうことって、常に来るんですよね。そういう状態になってしまう瞬間とか、なってしまいそうになる時とか。常に、気づけるサインは来ている。感覚だと思うんですよね。疲れてる感じとか修羅場な感じじっていうのは別で、その時に自分がそこにいるっていうことを味わえているかどうか。めっちゃ追い立てられてる感じしかないみたいな状況の時っていうのは、今、これやんないとこう思われるだろうかとか、こういうふうに迷惑かけちゃうんじゃないかとか。

遅刻の時とかよく思いますね。

銀色　遅刻してる時？

冨田　遅刻の電話を先に入れる時に、すごく迷惑をかけてしまうんじゃないかって勝手に想定して、電話して、全然いいよ〜とか言われると、あ、俺の思い込みだったみたいなこともあるし。……うん。人との関係の中においてテンパってしまうのかな。

銀色　私なんて、そういう……遅刻しちゃった時は、割り切る。これは、こうなった方がいいのかもしれない。

冨田　うんうん。

銀色　あと、電車に乗り遅れたり、何かがキャンセルになった時は、がっかりしない、ってことを心がけてる。それはこうなった方がいい結果になるんだ、って思い込むことにしてるの。で、ガッカリしない。ガッカリしないって大事だよね。ガッカリしないって、すごくいいことだと思ってて（笑）。

冨田　そうだと思います。

銀色　ガッカリするっていうことがまず、違うと思うの。ガッカリしそうになっちゃうんだけど、ハッ、違う。自分がそれがいいと思ってたからガッカリするんでしょ？　そうじゃなくて、じゃあ、こうなったから、こういうふうに考えようって、瞬時に切り替えて。電車に乗り遅れたとかそういう時もそう。

冨田　そうですね。僕もそうだな。

銀色　楽しい約束がキャンセルされたとか。まあ、ガッカリ、一瞬するじゃん、一瞬。でもその一瞬の前に、私、すぐ、ガッ！　と。あ、ガッカリ……しそう……、の前にすぐ、ガッ！　とすべりこんで、しないようにしてるの。アハハ。

冨田　期待しないとガッカリしないはセットだなと思いますね。期待しすぎると、ガッカリしちゃうし……。

銀色　あ、でも私、期待はするの。すごく。だって楽しい人と会えるってうれしいから。すごく楽しみにするんだけど、……キャンセルになった……、あ……、ガッカリする……の前に行くの、前に！　その瞬間だけ、ものすごく速く、ダッと、超スピードで！

冨田　ハハハ。

銀色　で、これでいいんだ、よかったんだこれで。そういうふうに思うと、そうなることが多いの。たとえば、楽しい約束がキャンセルになって次の週になったりすると、その方がよかったっていうことが起こったりする。

冨田　僕も、そこは鍛えられたなあ。年間、２００本とか３００本ワークショップやってると、ワークショップ自体をキャンセルされるっていうことも当然あるし、蓋開けてみたら人数が少なかったっていうこともあるし、で、ガッカリするんですよね。最初は。でもガッカリしたって結局、当日そこに行くわけですよ。

銀色　うん。

冨田　そこに行ったら、僕の想定は勝手なもので、現実はそこに3人いる人たちが現実で、そうするとどんなにガッカリしてても、その3人の、来てくれた人のためにいい場を作ろうってなるじゃないですか。それをずっと繰り返していると、実際、実体験として、ああ今日はこれでよかったんだって本当に素で思うんですよね。参加者の話をこんなにじっくり聞いたのは初めてだし、それによってすごい学びがあったなとか。そういうことが続いて、僕も意識的にもそういうふうに切り替えるようにしてるし、主催者の人に謝られたりすると、いや全然いいですよ、と。すいません、予約の人数が前日の時点でこれしかいないんです、というようなモードを引きずったまま当日を迎えてもらう方が困るんですよね。全然これでいいし、本当に僕は困ってないし、必ずそこにしかるべき人がしかるべき形でいるはずなので。

銀色 そうそう。そうだよね。

冨田 それに対してとにかく僕たちはいいおもてなしをしましょう、っていう話をすると、パッと切り替わる。それはすごい大事ですよね。

銀色 だって状況は常に完璧なはずなわけじゃん。完璧っていうじゃない？　それはそうだと思うんだよね。

冨田 でもやっぱり期待は大事ですね。確かにね。期待しないとつまんないですもんね。わくわくして。で同時に、イメージ通りには絶対ならないから、それをまたその場で楽しんでいく。

銀色 だから、どうなっても楽しめればいいわけでしょ？

冨田 そうっすね。……プレイヤーに近いのかな。プレイヤーなんだろうな。

銀色 だって私は不幸も楽しいもん。楽しめるもん。不幸って……、つまり、人が名づけた不幸。私はそういうふうにとらないから。そういうところを、強いって……。私よく言われるの、強いとか。そういうところをそういうふうに言われるのかなあっ

冨田　ワークショップに夜、行かなきゃいけないのに、電車が夕方止まって、その場所から次の朝まで動かなかったことがあるんですけど、その時は本当に傑作なぐらいそういう感じでしたね。今日のワークショップはやらないってことに意味があるんだなと思うし、食べ物も何もない電車の中で朝まで過ごす、ここでいったい何が起こるんだろうとかって、逆にワクワクに。こんな体験めったにないぞって切り替えちゃう。まわり見ると、いつまでも時計見てたりとか、なんでこんなことになってしまったんだろうって顔をしてたり、そういうことをずっと電話で話してたりとか……みたいな人を見ると、もったいないな貴重なのに、どういう気持ちになったってこの状況は変わらないのに、だったら楽しめばいいのになとか、思いましたね。
想定外のことが起こった時に、それが不幸なんじゃなくて、その出来事を不幸と思うか、楽しいことと思うか、またとない二度と体験できないかもしれない冒険と思えるか、みたいな。やっぱりその人のマインドセットによってその人の世界が巻き起こってる。

銀色　ね。

冨田　それぞれ。

て思うけど。ただ単に物の捉え方なんだけどね。

銀色　だから私、人に同情もしないんだよね。かわいそうだって一般的に思われるような状況に対する同情。普通の自然なこととしてだいたいのものを受け止めてるからさ。自分がそうなってもかわいそうでしょってて人に同情を求めないから、人もかわいそうだと思わない。自然なものが一緒に共存してるって感じ。同情は、前向きな対応じゃないよね。それよりも、そのままで一緒に歩いて行こうよ、みたいに言いたいし、言われたい。

冨田　実際やっぱり、ある程度シビアな状況があっても、それを本当にポジティブに乗り切ると、その先に次の展開がありますからね。

銀色　うん。

冨田　具体的に言うと、その夜のあいだずっと電車の中で過ごしたあとに、目的地についた直後にゆっくり酵素風呂に入らせてもらったりして、あのあとだからこそありがたみがよくわかる、こんなにリラックスできるのしあわせ〜みたいな感じになったりとか。

銀色　うん（笑）。

冨田　必ずオチがあって、また次に続いていくし。だから本当にね、楽しんだら楽しんだだけ楽しくなる、って思うな。

……今日、ごはんとか？

銀色　あ、時間だね、行こっか（6時に予約したんだった）。

冨田　……おもしろいですね。

銀色　まあなにしろ、私はほら、この人生で終わりって思ってないからさあ。魂があって次があると思ってるから、なにしろ死が怖くないのね。そういうのも大きいかもね、この考え方。

冨田　死生観みたいなものですよね。

銀色　そうそう。だから次もあるから、別にこの人生……、なんていうのかな……死ぬことが重要じゃないので楽しめるっていうのはそれもあるかも。……生きることを。でもみんなもそういうふうに思えたら楽しいのになって思っちゃうけど。

冨田　そうっすね。……なんか、画一的すぎますよね。死っていうものに対する価値観が。あんまりフォーカスしてないんだなあ〜みたいな。怖がりすぎてみてないっていうか。死っていうのを。

銀色　怖がりすぎてみてない？

冨田　死、怖い、以上。みたいな。

銀色　ああ。怖いからそれを見ようとしないってこと？

冨田　そう。本当に怖いんだったら、なんで怖いのかしっかり見てくと……。

銀色　そうなんだよね。私はね、死ぬことがすごく怖かったの。10年ぐらい前。怖くなくなりたくていろいろ考えて、怖くなくなったの。

冨田　うん。それですよね。見たらいいんだと思う。オバケ、怖いんだったら、オバケ、ちゃんと見た方がいいし。怖がってないんだったら見る必要ないけど、怖いんだったら見た方がいいのにってすごい思う。

銀色　そう。

冨田　僕も……、気管支ぜんそく、長かったから。もともとこんなふうに元気に30代で動いているとは思いもしなかったし……、結構僕って、なんで生きてんだろうとか……、考えてたの？

銀色　考えてたの？

冨田　うん。ふとんにいる時間が長かったんで、結構思ってたんですよ。やっぱ、死っていうものについてとか、そういうことがあったから、考えるようになって、見つめるようになって……。今はやっぱり、単純に……、どうせいつかくるんだから、怖がるっていうより、それこそ今世で完璧なんてないし、100点なんて取れないんだから。とにかくマイペースに……楽しむ、自分の楽しみをつきとめていくのがいいなあって思ってます。

銀色　うん。（出かける準備をしながら）……まあ、私、ほら、死んだあとの方がしあわせになると思ってるからさ（笑）。ね。生きてる方が苦しいと思うから。……楽しみにしてるんだけどね。死ぬことを……。でもこういうことをあんまり言うとさ、共感する人が少ないからさ、たまにしか言わないけど。っていいながら、けっこう言ってるんだけど。こういう人がいるってことを知ってほしいので。……荷物もってく？

冨田　どうしましょう。

銀色　何時まで大丈夫なの？

冨田　まだ大丈夫ですよ。

まだちょっと時間があるそうなので、また帰って来て、時間まで話そうということになった。歩いて、近所のごはん屋さんへ。薄暗くあたたかい小さな定食屋。土鍋ごはんとお豆腐やポテトサラダ、銀杏、鮭ハラス焼きなどを食べる。

その時と、行きと帰りに話したことで覚えてること。

銀色　国とか町とか家とか、大きなものも中ぐらいのものの小さいものも、かかえてる問題は同じだよね。

冨田　同じ。

銀色　一年で京都の自宅にいるのはどれくらいなの？

冨田　5分の1ぐらい。

銀色　今、したいことってなんかあるの？

冨田　家に友だちを呼ぶのが好きなんですけど、料理作ったり、その人に合わせていろんなお茶をふるまったりしたいですね。好きな時に来て、帰りたい時に帰って、泊まっていく人もいたり。

銀色　いつも、どんな料理作るの？

冨田　煮物が多いですね。なにかしながら作れるから。ひじきとか切り干し大根とか。

銀色　どういう友だちが多いの？

冨田　ミュージシャンとか画家とか。あとはマクロビやってたりシュタイナー教育やってたり、整体や気功をやってたり、心と体の健康に取り組んでいる人。
　僕の中でのミュージシャンの定義は、曲を仕上げたり、ワンステージやりきれたり、音楽を形にできる人ってこと。

　私の友だちは……、どうだろう。
　あちこちに点在してて、年に一回とか、数年に一回とか。頻繁に連絡もとらないし、向こうからも連絡は来ない。そういう個人的友だちが10人、仕事関係の親しい人10人、ファンの人で親しくなった人10人ぐらいかな……。個人的友だちがいちばん会う回数が少ない。職業は普通の主婦や会社員、看護師など。一見普通だけど知れば知るほど変わってる、という人が多い（というか好き）。それぞれの人とはそれぞれの関係があるので、その人たちを一緒に会わせることはできない。私が対応している部分が違うから。
　ただ、最近はどこからどこまでが友だちなのか、よくわからない。ずっと知ってる人でも、ずっと会ってないと、もう会うことはないかもとも思うし、ずっと会ってない人でも一度しか会ってない人でも変わらず親しみを感じる人もいるし、一度も会ってなくても、メールだけでも、深くつながってるように感じる人もいる。

目の前に誰かがいて、その人とその時に気持ちが通い合えば、それが今現在の友だち、ということなのかもしれない。

いろいろな人と知り合った。親しくなって、すぐに消える人もいれば、いつまでもなんとなく関わりのある人もいる。ある期間、すごく親しかったけど、ある時からパッタリ会わなくなる人もいる。人と会っていて心地いいかどうかは、今の自分の波動やリズムと合うかどうかだ。今、一緒にいて心地いいと感じる人はだれか、どういう人かということで、自分のこともよくわかる。

すごく気が合っていた友だちにある時、急に違和感を覚え、どんどん気持ちが離れていくことって人生には時々ある。そういう時は自分は違う流れに入ったんだなと思う。目的地の違う列車に乗り換えたんだなと。残念だけど仕方がない。抵抗を受けたりもするけど。

変化と抵抗。変化することに人は寛容ではない。特に、好きな人が変化して自分から離れていくように思える時は。でもやっぱり人は、ネガティブだと感じるものではなく、自分がポジティブだと感じられる人やものと、つきあった方がいいと思う。

あと、いちばん最初の頃の、お弁当を見て暦のワークショップに行くのをやめた話をして、

銀色　私の中の武士心が躊躇させたの。

それから、今日は国立で「町の中でできる地産」について話してほしいと言われて話してきたそうで、

銀色　なになについて話してほしいって言われて、なんでも話せるの？

冨田　話せますね。僕、お題を与えられるのが好きなんですよ。かえってやる気になるというか。

銀色　今まで、それは無理ってあった？

冨田　……ないですね。

どんなこと話してきたんだろう。

20時　帰って、続き。

銀色　さっきさあ、2012年のアセンションについて言ってたよね。……今、みんなで成長してるっていう自覚があって、しかもギアが1個あがってる気がするって。

冨田　ああ。個人の成長というよりは、みんなでやってるっていうか。……個人個人の体験とか気づきとか成長が、まわりに影響を与えるってすごくあるでしょう?

銀色　うん。

冨田　マイケル・ジャクソンってその最たるものだと思うんですよ。

銀色　ああ〜。

冨田　彼の人生。ジャクソン5から始まって幼いながらに人前に出ていく……、その中にある悩みもあるし、でも人前に立ってメッセージしていくことの、すごく彼ってスーパースターだけど、すごくパーソナルな存在だと思うんですよ。

銀色　うん。

冨田　その影響を世界全体が受けてきていると思うし。そういう個人の成長が全体に影響を与えるっていう意味で、社会が成長していくってこともあるけど、今、特に去年、今年感じるのは、みんなで同じような現状を体験したり認識して、個々それぞれが世界で起こっていることを自分事として受け止めて、または自分の生活と社会で起こってることの関連性に気づいて、見直したりとか磨いていったりとかして、コラボレーションしてる……成長のコラボレーションみたいなことを、みんなでしているような実感がすごいあるんですよね。

銀色　それは2012年に関係してると思う？

冨田　関係してるっていうか……、このタイミングってそういう時って言われてきたけど、今やっぱり実際リアルに変化してるなあ～みたいな。

銀色　でもさあ、その2012年と関係あるかないかわかんないけどさあ、インターネットでみんながつながるようになったって、すごく大きいじゃない？　なんか。

冨田　そうっすね。

銀色　やっぱりそれは、変わってきたよね。それによって。

冨田　変わってきてる……。なんか、神経ネットワークみたいな感じですよね。脳の中の。

銀色　そうそう。そっくりだよね。……でもそう言われるとさあ、木。木って、こうなってるじゃん（先に細く枝分かれして広がっている枝ぶり）。インターネットができる前の感じだって別にそうじゃないわけでもなかったよね。人と人とのつながりって。

冨田　うん。

銀色　それがもっとそれっぽくなっただけ。

冨田　促進されている、みたいな感じかな。より。

銀色　速くなったみたいな。

冨田　速くなった、のかなぁ……。

銀色　すごく速くなった部分と、逆に遅くなったこともあるかも。あと、個別になったよね。みんなが知ってる同じものが昔はあったけど、それがなくなったっていうか。

冨田　みんなが知ってる……。

銀色　みんな同じものを昔は知ってたじゃん。

冨田　あ、月光仮面をみんな知っててとか？

銀色　そうそう。でも今は、自分の好きなものだけを知ってて、隣の人がぜんぜん知らなくても、ふつう（それは私は嫌いじゃないけど）。

冨田　ああ、そういう認識は変わりましたよね。みんな割り切ってるっていうかね。これは私の趣味。

銀色　うん。

冨田　それはね、僕ね、今、フェイスブックが結構流行ってるでしょ？　ツイッターとか。

ミクシィが出てきて自分が使い始めた頃、それを感じましたね。2003〜04年かな。

銀色　うん。

冨田　ミクシィって、みんなミクシィやってるんだけど、僕のミクシィとあなたのミクシィは違う、っていうのがあるでしょ。画面が違うし、出てくる日記とか。だから不思議だな〜と思って。みんなでミクシィやってるとか、ミクシィってこういうもんだよねって共通認識を持ってるようだけど、ひとりひとりのミクシィは全部違う。これが今の現実世界とすごく似てるなって思います。

銀色　私が、人はその人の世界で生きてるっていうのと、ちょっと似てるね。

冨田　そうですね。

銀色　その人が見た世界しかその人には見えなくて、他の人の世界とは違うんだよね……。

冨田　もろフェイスブックとかって、そうなんだよなあ……。で、同時にこの現実世界の縮図っていうか。

銀色　うん……。

冨田　友だち申請とかも。友だちだから、あ、友だちの冨田くんがいた、じゃあフェイスブックの友だち申請しようっていう人もいれば、会ったことないけど、この人と友だちになったらなにか得があるかもって思ってつながってくる人もいるし。これも現実世界と同じだし、フェイスブックはわかりやすいなってすごく思う。ちょっと僕、フェイスブックやめようかなって思ってるところもあって。

銀色 それはなんで?

冨田 なんかね、ハッキングされてるっていうような……。

銀色 ハハハ。

冨田 気分がある。それは普通に、コンピューターハッカーってことじゃなくて、エネルギーハッカーですね。

銀色 なんか見られてる、って感じ?

冨田 エネルギーをハッキングされてる気がする。

銀色 ふ〜ん。

冨田 見ず知らずの人が、なんかこの人、全国回ってるし、いろんな情報を持ってるから、つながってると私にとって得っていうふうに。

銀色 私ね、こんなに人の情報が簡単にわかる時代じゃない? 人に見せたがってる人も多いし。なので簡単に情報が入らないことの価値が高いって思うの。パソコンで検索して、その人の情報が出ないことのすごさ、っていうのを感じて、出ないほどすごいって思ってるんだけど、うっかりしたことで出ちゃうじゃん。ホントにちょっとしたことで……、だれかがブログで書いただけで出ちゃうからさ。普通の人の名前でも。

知られないってことはすごいと思うの。もう……、本当にいい。知らせるの嫌いな人も結構いて、慎重に対応してて。そういう人の話聞くといいなあって思っちゃう。自分のこと、そう簡単には教えないよって人が好き。

私もそれに近くなりたくて、あまり、自分からはしないようにしてる。自分から出しているものはなんでもどこにでも出ていいんだけど、自分から出してないものが出ないように。

冨田　そうなんですよね〜。僕も最近、すごいそれを思ってて。まあでもこれぐらいは許容範囲かなと思ってたんだけど、最近、会ったこともないのにつながってる人が増えすぎて。僕は自分から申請してないんだけど、承認してたらいつのまにかそうなっちゃって。何日かほっとくとメッセージが20件とかなってて、しかもこれ別に返事しなくても何も困らないことなんだけど、でも返事しないとただ傷ついたりするのかなあとか思って、返事しようとして、はー、もうやめようかなあ、みたいな気になることもある。

銀色　ふうん。

冨田　それは精神的な無理、っていうことだけじゃなくて、今、おっしゃってた、そこそこ不便で、そこそこ見えないっていうのが……好きなんですね、たぶん。

銀色　あとさあ、簡単につながれるわけじゃない？

冨田　その簡単さの度合いがあって、……やっぱりさあ、山は苦労して登りたいじゃん。うん。

銀色　苦労しないで登った人に、同じ景色を見せたくないの。

冨田　わかる。

銀色　だから、それは、いいと思うの。つまり……そんなに親切にしなくても。

冨田　うん。なんか、手間かかった方がね。そのプロセスとか、山を歩いてる時の気分とか、その空気を吸ってるからこそ見えるものとか、それはあると思うなあ。ネットってすごく安易に検索して答えが出た気になるし、まさにわかった気になっちゃう。でもわかった気になって実感が伴ってないのは危ういなって思うし、なんせ使えない、その知識は。現場で使えない。去年の震災と原発事故があってから、よけいに感じるんですよね。今、福島県に住んでる人たちはどういう気持ちでいるのかなっていうようなことって、ネットには絶対あがってこないと思うんですよ。本当に心の奥底にある本当に大事なことほど、安易にネットには書けなかったりとか、まわりはこういう雰囲気なんだけど私は実はこう思ってるってこととかって書いたらバッシングされたりするし。でも本当はそここそ聞いていくべきで、でもそれはやっぱり直接つき合って、顔見合わせてこそ出てくる話だし、そこで、ああ、なるほどね、こういうふうに思ってる人がいるんだなあとか、そこで初めて、じゃあ俺に何ができるかなっていう行動につながるから。

銀色　うん。このあいだ真剣に話す会をやった時に、親戚が福島に住んでるっていう人がいて、心配だから無理にでもひっぱって連れてきたいけど、親戚たちはそれほど心配もしてなくて動こうとしない、でも私はすごく心配だっていう女性がいて、その時、私が言ったのは、心配する根拠を説明して、それでも動かないというなら、その人たちの選択を尊重した方がいいんじゃないかと思う、って。

……尊重する勇気を持つっていうか……。私だったら、そうすると思うから。本人の選択じゃない場合、どっちにしても後悔はつきまとうと思うんだよね、これでよかったのかなっていう。

冨田　そうですね。その人の選択とかね……その人の今を。そして自分の今も、尊重した方がいいなと思う。要するに、その人は、できてないわけでしょ。自分は無理やりにでも連れ出したいと思っているけど、できてないわけだから、できてないっていう自分を受け入れると、なんでできてないんだろうなって掘り下げることになるじゃないですか。

銀色 うん。

冨田 たぶん、心の中にいろんな自分がいて、一部の自分は無理やりそこから連れ出す必要はないと思ってるから、たぶんそれをしないんだと思うんですよ。自分の体の細胞の100パーセント全部が、もうあそこから動かすべきだと思ったら、たぶんそれをやってると思うんですよね。で、やってみてまたぶつかったり、またはそれを実現したりして次に行くと思うんだけど、今それをやってないっていうことは、やっぱり潜在意識の中でそれでいいと思ってるんだと思うし、そこを一回受け止めるぐらい、ふーって肩の力を抜いたところから見ていかないと、本当の助け合いにはならないなと思いますね。

銀色 うん。

冨田 自分の不安が、放射能のことだけじゃなく、生活とか人生に対する不安感が投影されて、人の姿を見て不安に思うことだってあるだろうし、何が今の状況を生み出しているかわかんないですからね。人それぞれ。

僕もやっぱり、尊重は基本だと思いますね。今の状況に対する。理解というか、尊重

銀色　しないと見えてこない。し、相手もしゃべりにくくなる。

冨田　この問題ってさ、小っちゃくすると普通の日常生活の中にあることと一緒だよね。似た感じのことってすごく、ない？

銀色　そうですね。すごくあると思う。

冨田　……いじめの問題もそうじゃない？　最近また急にいろいろ言ってるけど……。でもやっぱり、自分の手の届く範囲のところをきちんとすることが大事だよね。大きな、わかんないことを言うんじゃなくて、自分のまわりのこと、全員が自分のまわりのことをしたら、それは全部をカバーすることになると思わない？　ひとりが、自分の身近な3人、のことをよく考えるとかさ。

銀色　うん。そうですね……。

冨田　でも、あのいじめの問題って、やっぱり……家族……っていうのをすごく考えちゃう。親子……。

銀色　うん。

冨田　子どもが自殺するって……、親子問題……、っていうかさ。死ななくても……。学校よりも……。学校は辞めてもいいわけじゃん。まあ、言ってみれば。そっから逃げてもいいのに、それだけになっちゃうんだよね、きっとね、子どもからしたら。

学校辞めていいとかさ、そこから逃げれば……。私は逃げろって言ってるのよ、子どもには。何かあったら。ぜんぜん、逃げろ。私も逃げるからって言ってんの。私も逃げるからみんなも逃げろって。だって、そんなこと大事じゃないじゃん。自分をいじめる人なんて大事じゃないもん。いちばん大事なのはもっと、……自分たちでしょ。

冨田　うん。

銀色　やっぱり、そういうふうに思えない人が袋小路に入っちゃうのかなって思うけど。

冨田　そうですね、そうかもしれない。

銀色　ぜんぜん大事じゃないもん。だって。そんなこと。

冨田　そうだと思う。やっぱりそれも他人の判断ですよね。なんとなく受け入れられてる常識、みたいな。その常識は外れちゃいけない。外れたら生きていけないって思うのかもしれない。

銀色　うん。

冨田　僕は逃げてほしいですね。やっぱり。逃げるっていうことをやる例が出てくると、そうしていいんだってまわりの人も思うし。

銀色　そうなのよ。しかもホントは、逃げるっていうよりも、……なんていうんだろう、逃げる、って言葉はマイナスのイメージだからちょっと違う……。もっと前向きな……。

それを選ばないってことよ。素敵じゃないから、その世界は。いじめられ続ける自分を選択しない（さっき、家族の問題、親子問題って言いかけたのは、家や家族がその逃げる先、避難所になってない子どもたちが、行き場がなくて自殺しちゃうのかなって思ったから）。……っていう感じよね。

冨田　うん。

銀色　まあでも、自分のまわりの3人を、人が助ければ。助けるっていうか、その人たちとちゃんときっちりつき合うようにするとかなり……。親は子を、子は親を、みたいな。

冨田　うん。

銀色　……と言いつつも、悲観的じゃないんだけど私（笑）。すっごい引いて見ると、これもなんか社会のひとつの……、まあこういうことも出てくるだろうなあと思う。これぐらいの人口がいて、こういう社会的構造があったとしたら、この日本だと、こういうこともあるだろうなあっていう気がしないでもないんだけど。

冨田　国によってまたね、それぞれ問題あるもんね。なんかそういうこともわかりやすくなってますよね。

日本の置かれている状況とか、サインがいっぱい出てるっていうかね。いじめのこともそうだし、失業者問題とか、高齢者が増えていてとか、なんか、わかりやすくなってきている。

銀色 でも日本は本当に平和だなと思う。世界の中にはもっといろんな悲惨なところがあるじゃん。生きられないみたいな……、すごいなあって。よくここまでできたなって思う。

冨田 ホントそう思いますよ。放射能のことでも、もちろんすごい大変なことが起こったし、なんかチェルノブイリに次ぐとか、チェルノブイリを超える大惨事みたいな。それもわかる。すごくわかるし、日本政府はひどいとか、チェルノブイリの時よりも日本政府の対応はひどいとか、それもわかるけど、私たちは特別すぎる、っていうふうに思いすぎるのはどうかなあみたいなふうにも思ってて……。

いや〜でも、世界、ひどいよ、ウラン鉱山周辺の汚染だってものすごいし、大気圏核実験やったとこだってすごいし、そこに今まで僕たち目を向けてこなかったのに、なんかことさら福島だけすごくやばいことになってるっていうふうに、私たちはすごくかわいそうだっていうふうになりすぎると。逆に……もっと俯瞰した目で見て、ああ、こういうことが他でも起こってたんだよなってなった方が、もっと世界と手をつないでいける気がするんだけど。そういうことはすごく思いますね。

銀色　うん。

冨田　恵まれてないっていうふうに言いすぎると……、それも本当に悲しんでる人に言っても怒らせるだけかもしれないけど、あんまり自分たちを悲劇の中にいるって思いすぎると、逆に孤立してしまうっていうか。

銀色　……幸せだと思う、今の日本。戦争もずいぶんないもん。私が生きてるあいだに戦争がないってことだけでも私はすごいラッキーだと思ってる。戦争の悲惨さってね。すごい悲惨じゃない？　個人の意思も自由も尊重されず、ただもう殺されてしまう。それが許されてしまう。

冨田　江戸時代までみんな刀もってたんですからね。

銀色　ね。

冨田　いつ暗殺されたっておかしくなかったし。ずっと戦争やってたし。今も日本は世界の戦争に加担しているし、世界中で戦争は続いているけど、少なくとも日本国内では、自分の生活を丁寧に見つめたり、継続して同じことを考える余裕もありますからね。

銀色　うん。だからといって別にこれがいいって言ってるわけじゃなくて、だからこそ、せっかく今、このちょっとした平和なところにいられるからこそ、今、自分ができることをいっぱいやっていきたいなって思うんだよね。だって、何か発言したことで捕られたりしないじゃない？

冨田　そうですね。

銀色　ということは、いろいろ言えるってことだし。何かに反発することを言ったからって殺されることもない……。

冨田　もちろん例外もあると思うけど、それでもそれは、僕も暦の話とか原発の話とかしてて、しみじみ思います。国がこれを使えって言ってる暦じゃない、別の暦の話をしていても、別に誰にも文句言われないっていうのはすごい時代だなあって。自由な時代だなあって思う。

銀色　……中国はダメらしいですね。中国で暦の話とかをしようとすると妨害が入るって言ってましたね。エジプトなんか、ああいうデモみたいなことが起こる前は、２００３～04年にエジプトの人に聞いたんだけど、３人集まって政治の話をしてたら逮捕されてたらしいですから。恵まれてるなあ～日本は、って。

冨田　うん。だからこの時代に生まれたことに意味があると思うと、だからこそ、今自分ができることをしたいよね。

冨田　ホントそうだと思う。自由。自らに由る、自分の生き方を育てることができるんだから、人が規定した、なんとなく漠然と受け入れてる生き方を続けるっていうのは、もったいないと思う。

銀色　なにが、できるんだろうね、もっと。

冨田　……僕は、そのできることのひとつは。

銀色　うん。

冨田　余裕があるってことは、振り返る余裕もあるじゃないですか。振り返ったり、噛みしめたりとか。原因を過去に探すみたいな、そういうことじゃなくて、振り返ってしみじみわかるみたいな。これだけ普通に一般市民が、過去何千年とかの歴史を振り返って勉強してる時代ってなかったんじゃないかなと思って、あったかもしれないけど、とにかくこれは恩恵だと思うんですよね、平和の恩恵。

僕が今、自分が興味があるのは、さっきも言ったおばあちゃんの知恵袋じゃないけど、過去のそれぞれの時代のいいもののいいとこ取り、総取りしていく生き方。平安の時代のあの雅《みやび》さもいただき、縄文の時代のあの感じもいただき、江戸時代のあの感じもいただき、とか。そういうふうにどんどん、何も否定せず。

過去の何かが原因で今こういうまずいことがあるっていうチューニングじゃなくて、

いい部分をどんどん学んで取り入れていくのは、すごく興味あるし、今できることじゃないかなって思いますね。

銀色 うん。

冨田 いい知恵、いっぱいあるし。

銀色 どうせ聞いてそれを取り入れても、過去のただのリメイクにはなんないと思うんですよね。今のセンスでそれが再生されるから、結局それが新しいものになっていくと思うし。

冨田 うん。

銀色 それがこう、……歴史が一巡するっていうかね。

冨田 今までのめぐりが閉じられて、また次に行くっていうのは、今までの歴史のすべてが輝きを取り戻す、僕たちの手で輝きを取り戻していく、みたいな。日本語の美しさをもう一回見直すとか……、日本の伝統食とか……、いろいろ。今できることっていってパッと浮かぶのはそういうことかな。

銀色 私は、個人でいうと、……このことを考えたり、やろうと思った時に、気持ちがパアーッとよくなることを、どんどんやっていきたい（笑）。たぶんそれが、間違いのない選択というか、自分がやるべき道かなって思う。その、パッとよくなる気持ち、がいちばん確かな気がする。

冨田　うん。

銀色　他の人の意見じゃなくて、自分の感覚に頼って生きるってことかな。それがいちばんいいかなって思う。それをやっていって、どんなふうになるかを見たい。

冨田　……スリリングですね（笑）。

銀色　せっかくね、生きてる以上、体験して、……可能性を広げる。

冨田　それって自分でもわかんないってことだから、すごいスリリングですよね。自分が、今、パーッというイメージが湧いたからやるっていう。理屈を超えてますもんね。

銀色　理屈を超えるっていうのが正しいと思うんだよね。どれだけ、その最初の直感でいけるかっていうことに挑戦したい。直感のあとに理性がでてくるからさ。ちょっと待って、とか言ったりするじゃん。え？　え？　とかって。でも、できるだけ直感に従って……。

（ものすごく長い沈黙のあと）

冨田　……やっぱり、セルフマネージメントって。

銀色　ふふっ。テーマにこだわってんの？　アハハハ（私ったら、ひどい。それがテーマだって言って始めたくせに。私は出だしだけそれを覚えてたけど、すぐに、まったくテーマから離れて、頭に思いついたことをただ話してたわ）。

冨田　いや、フト今、一巡してきたんですよね。……そこに興味があるっていうのもあるけど、そこに興味がある人が多いだろうなって思って、そこに僕、興味をもったんですよね。僕もけっこうそうだなって最近思ってたから。

銀色　セルフマネージメントに興味があるっていうこと？

冨田　そう。言い方はむずかしいけど。

銀色　じゃあもっと簡単に言って。カタカナ使わずに。

冨田　セルフマネージメント、っていうことを？

銀色　セルフマネージメントが大事、っていうことを。ひらがなで言うと。

冨田　ひらがなでいうとなんだろう……。

銀色　自分のやりたいことが自分でわかってる、ってこと？　自分のやりたいことがうまくできるように工夫する、ってこと？

冨田　……自分に寄り添ってる、って感じかな。

銀色　うんうん……。

冨田　自分が自分に寄り添っている。

銀色　自分らしいってことか！

冨田　自分らしいってことと、

銀色　……自分らしく生きるってこと？

冨田　ううん。なんかね、それもあるんですけど、自分が自分を見てる感じ。

銀色　あ、ちょっと客観性が？

冨田　そうそう。自分が自分に寄り添ってるっていうのは、寄り添われてる自分と寄り添ってる自分がいるってことじゃないですか。

銀色　ああ。

冨田　分離してるんじゃないけど、僕はやっぱり、自分っていうのはふたりいると思うんですよ。すくなくとも。見守られてる自分と、見守ってる自分。なんかそのふたつの関係が、いい感じ、みたいな。

銀色　うんうん。

冨田　相思相愛。見てる自分と見られてる自分が。それがそうかな、日本語で言うと。だから寄り添うが近いのかな。

銀色　うん。

冨田　どっちがどっちに服従しているわけでもない。どっちものことをおもしろがってる。自分のことを見てる自分をおもしろがりながら、遊んでる自分と、予想外のことをしだしたりすることも含めて、やってる自分とか生きてる自分を愛を持って見てる自分、っていうか。その両方がある時って僕、すごい楽しいかな。

銀色　うん。

冨田　すごい楽しい。充実してる、って感じがする。発揮してるって感じもあるし。ああ、これが俺のやりたいことなんだなあって思う。そういう自分が立ち現れた時。

銀色　いつも立ち現れてるわけじゃないわけ？

冨田　なんかしみじみ実感する時ってあるじゃないですか。ああ〜、しあわせだなあとか。

銀色　うん。

冨田　そういう意味での。ああ、この感じだなあ、みたいな。
だいたいそういう時って、キャンプとか、ワークショップとかイベントとか、そういう現場で、まさにその、今の自分の役割りもあって、同時にその役割りを見てる自分もいて、全体のことも見ている自分がいる、みたいな。そういう時って僕、なんていうのかなあ、言い方難しいけど、無敵の状態。何があっても大丈夫、誰に何を頼まれても大丈夫っていう状態になる。

銀色　うん。

冨田　その時がすごい好きですね。すごい好きな状態。そういう時って、ぜんぜん寝なくても大丈夫だし、食べなくても大丈夫だし、なにも怖くない、って感じになりますね。

銀色　ふふ。

冨田　そういう時に、天職、っていうのを感じるかな。

銀色　うん。

冨田　好きでやってて、求められてもいるし、なおかつ、自分にしかできないやり方で、今やってる。それが重なる実感がある時。

銀色　うん。

冨田　だからやっぱり、その手前には自分との会話を育てるっていうか、それってすごい必要かなって思う。自分の声を聞く時間を持つ。

銀色　……じゃあ、ホントに、いつかできたらやろうよ、一緒に。トークイベント。

冨田　うんうん。

銀色　気楽にしゃべって……。最後に質問を受けてもいいし。

冨田　質問を受けるのもおもしろいし、最近ちょっとおもしろかったのは、……しゃべるじゃないですか。たとえばひとつの例だけど、こうやってふたりでしゃべって、それをみんなで聞いてもらうでしょ？

銀色　うん。

冨田　そしたら、なるべく初めて会った人同士で、3人か4人ぐらいずつテーブルについてもらって、その4人ずつで今話を聞いてて自分の中で感じたことを、その中で聞き合ってもらう。それを20分とかとって。

銀色　で、どうするの？

冨田　そのあとに、テーブルでどんな話が出たかっていうのをテーブルごとに、

銀色　言ってもらうの？

冨田　言ってもらう。それに対してまたふたりがしゃべる。

銀色　ああ。

冨田　それをテーブルずつやる、みたいな。4つのテーブルとか5つのテーブルとか集めて。

銀色　それだったらちょっとまとまってるね。個人的にならなくて。

冨田　そう。質問って、すごくパーソナルだから、その人のバイブレーションに……。

銀色　そうなのよ！　時々、とんでもない人が！（笑）

冨田　それが中和されるんですよね。

銀色　確かにね。

冨田　けっこう、質問する人って、もちろん銀色さんに答えてほしいと思ってても、実際は誰でもよかったりするっていうか。誰でもいいっていうのは、自分の中から出すことの方が大事だったりするから。

銀色　言いたい人っているもんね。ただ言いたい……。

冨田　それがある程度、解消される部分もあるし、それに対してコメントをする時間があれば、それでもまた解消されるし。場全体のバイブレーションがキープされやすい。それは最近、おもしろい形だなって思って、ちょっと気に入ってるんですけどね。

銀色　でも時間がいるね、そしたら。ちょっと話す。

冨田　でも、質問を受けるのを考えると……。

銀色　質問は受けなくてもいいか。

冨田　いいかもしれない。それか質問をカードに書いてもらって、それをもとにしてしゃべる。

銀色　それでもいいね。……なにしろ、今までいろんな会に参加したり自分でもやったりしたけど、時々とんでもないことになることがあるからさ。質問って、するのもされるのも、本当は簡単なことじゃないよね。ただ漠然と質問を求めても……。

冨田　相手のためにもなんなかったりしますからね。

銀色　うん。ただ、そのスリリングさを楽しもうと思ったら、それでもいいんだけど。その場の全員が作ってるわけじゃん、その空気って。

冨田　うん。

銀色　この全員がこの現実を生み出したんだなって。自分でやる時も、これは私が生み出した現実だ、って思うもん。それはそれで楽しめる。いろんなことになる可能性があるけど。

冨田　でもホント、スピリチュアルなセミナーとかでも、それ以外でも、人が集まると本当に、えっ、っていうような……、なんか（笑）。

銀色　ありますよね。おもしろいし、いい体験したけど、二度はいいかなって。

冨田　それぞれ。それを体験した、何度も。……勉強なのかな。

銀色　場づくりは大事ですよね。

冨田　そうだよね〜。

銀色　進行とか。すごい大事。でも、たとえば2時間あるとするじゃないですか。ふたりで30分しゃべって、みんなで20分しゃべってもらって、それでざっくり言って1時間だとするじゃないですか。

銀色　うん。

冨田　そっから、テーブルごとに出た話を出してもらってしゃべるっていうのをやって、またふたりでしゃべる時間を入れたら、結構たっぷりの内容になると思いますけどね。

銀色　だいたい2時間から……長くても2時間半ぐらい。休憩一回入れて、みたいな感じがいいかなって思うんだけど。

冨田　そうですね。途中でお茶とか出たりしてもいいだろうし、おやつ出したりして。

銀色　ね。人数少なかったらできるよね、それ。

冨田　そうだな〜。ある程度、多いことで生まれるエネルギッシュさもあるけど、あんまり多すぎると混沌《こんとん》としちゃうし。

銀色　多い時は質問っていうより、こっちで全部やった方がいいかもね。

冨田　そうですね。

銀色　でも私、大きいところの方が好きなんだよね。

冨田　ああ、どうしてですか。

銀色　小っちゃいのをいろいろやってみて……、小っちゃいのはやっぱり、どうしても個人的になっちゃうっていうか、濃密だけど、……おもしろい部分もあるけど……それだけにすごく庶民的になっちゃうんだよね。

冨田　なるほど。
銀色　それより、おっきいことを……、おっきいことを言う方が好き。スケールのでかいこととか、遥かなことを。今は。
冨田　じゃあ、もう。
銀色　おっきいのにしようよ。
冨田　うん。
銀色　ハハハ。私、考えていい？　いろいろ。
冨田　もちろんです。
銀色　そういうのが好きなのよ。ここに人を呼んで、楽しく過ごしたい、とか、自分もそこで楽しい時間を過ごしたい、って思うと、うきうきしてくるの。
冨田　いいなあ。俺も楽しみだな、それ。
銀色　うん。

（このあと雑談。私の本を見ながら）

冨田　やっぱ、トータルプロデュースしてしまうんですね？

銀色　お話しするにしても、本作るにしても。私ね、とにかく理由をはっきり言うのが好きなの。これはなぜ生まれたかっていうことを。こういういきさつがあって生まれて、こうだから書きました、って。なぜ好きかって言うと、それがあるからなんだよね。理由が。これがなぜ生まれたかって言う理由が。それがあるから、それを書きたいの。いつも。

冨田　そうか、それが、書きたいという……動機に、なってるんですかね。

銀色　それが動機じゃないけど。なぜそれが生まれたかっていうことを書けないものがたくさんあると思うのよ。世の中にあるものの中でさ。

冨田　うん。

銀色　私が動機を書けるっていうことは、生きてる中で私の中から自然に生まれたものだから。人から頼まれたり、（会議とかで）話し合って作られたものじゃないから。本当のことですって言えるってこと。必然性がある、ってことなのかな。ひらめいた時から、出来上がったところまで、どこにも嘘がない、ってところを見せたいの。そこがいちばん見せたい部分かもしれない。つまり、本当のことを私は生きている。その一部が、お話だったり、詩であったりするけど、その途中のどこにも嘘がない。ごまかしてないですよっていうことを言いたいの。で、そここそがいちばん大事なことなの、自分にとっては。

冨田 うん。

銀色 どこかごまかさなきゃいけないような作り方はしない。してない。でも、ごまかしてるような作り方のものも多いんだよね。ごまかすっていうか……そのもの自体は素晴らしいように見えるけど、そのまわりに嘘がいっぱいあるみたいな。それは好きじゃないなあって思う（嘘っていうか……、それほど積極的じゃなくても、なんとなくでも、自然発生的じゃなく、どこかで自然の流れが切れてる。もとをたどれないもの）。

冨田 それは、そういうものを、一般的なありかたを見てきて、違和感を感じて、そうじゃないのになあと、そういうやり方はどうなのかなあっていうところから意欲が湧いて、結果、違う、私はこういうやり方でって……？

銀色 もともとだと思う。最初からそう。

もともと、本当に物を作るってそういうことだと思ってるんだけど、つまり、その人の生き方が作品だと思ってるの。生き方と作品がズレてたら、それは偽物と思ってるからさ。そうじゃない作品もあるっていうことも知ってるけど、私は私が思う作品を作りたいと思う。

冨田 うん。

銀色　でもそれ、たぶん、その人それぞれの作品観が違うんだろうね。私は生きてることが作品だって思ってるから、自分の生活のどの断片を見られても、私はそれに対して言い訳ができるっていうか、なぜそうしたか説明できるように生きてる。でもそこまで思ってない人もいるわけじゃん。作品の中……、舞台の上だけで正しければいい、みたいなさ。

冨田　うんうん。

銀色　私は違うから。そのへんが私、ちょっとね、堅いの。ストイックっていうか。作品に対して。厳しい、っていうの？

冨田　うん。

銀色　だから、人に対しても厳しいもん。そこらへん。ちょっとでも矛盾があるアーティストは認めないから。まったく。尊重しない……、尊敬できない。尊敬できないんだよね。その人の生き方と作品が……、作品に対して嘘をついてるような生き方をしている人は、まったく興味ないし、尊敬できない。

冨田　ああ、それはわかりやすいですね。なんかすごい、今わかった。作品に対して、嘘をつく、っていうことですね。言ってることとやってることが違うとか、いろんな言い方できるじゃないですか。

銀色　うん。

冨田　作品に対して嘘をついてるっていうのは、すごいわかる。それはアートの冒瀆《ぼうとく》、とか。

銀色　そうなのよ！　そうそう。

冨田　アートを冒瀆してほしくないわけでしょ？

銀色　うん。

冨田　アートというものを本当に素晴らしいと思ってる人がアーティストであるならば、アートに対して誠意のない生き方をすることはアーティストとしてどうなのかっていうことですよね。

銀色　そうそう。で、それはさっき話したことで言うと、アートっていうのは、生きるっていうことがアートだと思ってるから、別にアーティストじゃなくて、他の職業でも同じ。どんな職業でも私は芸術だと思ってるから、生きてることは芸術で、それがすべてであるべきだと思うし。そういう人はすごく尊敬する。だれもその人を見てなくても。

冨田　なるほど。……今のことがわかったのは、ちょっとおっきいなあ（笑）。

銀色　アハハ！　だから人は素晴らしいって思うのよ。素晴らしい。いろんな、ちょっとしたところでそれを感じる人に出会うことってあるじゃない。言葉を交わさなくても。

町ですれ違っただけでも。お店の片隅で、ちょっとしたその人の言動、しぐさを見ただけで、それがわかる時があるじゃない。人のやさしさ、っていうか……、なんかわかんないけど。

冨田　うん。

銀色　それが、本当の物語、っていうかさ。人が生きてる、っていうことだと思うんだよね。日常という現実の中の。

冨田　そうだよな〜。その時にいる、その人は、ある意味でアートですもんね。その人に連なる今までの時間、創造の繰り返しの結果として、今、立ち現れている。

13の月の暦っていうのを作ったホゼ・アグエイアスっていう人が、タイム イズ アートって言葉をすごく使ってたんですよ。タイム イズ マネーではなく、タイム イズ アートなんだと。ここにあるアートというものは今までの時間というものが生み出して、作られたものであって、たとえばこの本が、同じタイトルの同じ表紙の本が何冊も並んでるとしても、全部それぞれ違う木からできてたりとか、違うプロセスを経て、一個一個違う時間を生きてきたもので、そのようにして今あるすべてを見ることが、今ここにある時間を認識するということだみたいな話をしてて、……なんか、同じ話を今、聞いたような気分になりましたね。

銀色　……でさ、そういう気持ちで生きているとさあ、人を好きになるっていうことがあんまり（笑）、できないんだよね〜。個人的だから、それ。わかる？　私が言ってること。

冨田　言ってること、わかります。

銀色　私、個人単位で人を見てないみたい。あのね、この単位じゃないんだよ。

冨田　うん。

銀色　でもこの話をするとね、あんまり、みんなわかんないからね。ポケーッとしちゃうのよ。とか、同情されたり、説教されたり……。私にとって境目は人（の輪郭）じゃない！　っていうとさ。ふふ。なんか私もうまく言えないんだよね、これ。個人を好き、じゃないの。人は愛してるんだけどさ。

冨田　創造そのものが好きみたいなことなんじゃないですか？　……クリエイション。

銀色　なんだろうね。

冨田　人っていうものが個性豊かに作られてるってことそのものが好きだったりとか。だから一個一個、愛を持って見てるけど、個人的な……。

銀色　個人はね、あまりにも個人的すぎるの。個人を見ると。その人の、好き嫌いとかさ、感情とかさ、好みとかあるじゃん。そこに注目してしまうと……、なんか……。つまり、自分もおんなじレベルにならないと個人と個人って、個人的につき合えないでしょ？

冨田　うん。

銀色　……そうなんだよね……。同じレベルになろうとすると、私も小っちゃい自分になっちゃう、……小っちゃいっていうか……こまごました自分になっちゃう。そうすると、違う自分と、そのこまごました自分が、ちょっと、うまく……一緒になれないっていうか……、っていうことは……、まあ、今、(ここで考えなくても) いいんだけどさ、アハハ。

冨田　ふふっ。

銀色　なんか、妙な感じなんだよね〜。だから。こういう話はあんまり、人と共感できたことはない。……なんか……。うーん。

冨田　それはもう前から、……昔っからそうなんですかね。

銀色　うん。でもこういうことがはっきりわかったのはだんだんおっきくなってからよ。途中までは普通に人として人を好きになったりとかさ、してるつもりだったの。でも、なにか変なのよね。アハハ。なにか余っちゃうの。個人的に個人を好きになると。余るか、逆か、なんかわかんないけどさ。わかる？　この感じ……なんとなく。

冨田　うん。楽しめなくなるんでしょ？　その状態を。

銀色 どういうことなんだろう……。その、両方の感じを持ってる人だったらいいのかもしれないね、私みたいに。おっきい自分と小っちゃい自分がいるのよ。人間的な私と、それに入らない自分がいるの。その入らない自分から見ると、個人を愛するっていうのは、ちょっとさ、なんか……違う次元に入らないとできないみたいなさ。

冨田 わかる。あえて、その芝居の中の演者になるぐらい決めないとできないっていう感じでしょ。

銀色 そうそう。で、その、決めるのって大変なのちょっと。だって小っちゃいんだもん(笑)。人間の中に入るのが。

冨田 うん。それちょっと、全部まるごとわかるっていうふうには言いきれないけど、なんかちょっとわかるなあ。

銀色 ……画家とか、芸術家ってちょっとそれに近いのかな。こっち側の精神状態に近いでしょ? ほら、個人を超えるみたいな。だから芸術家の感じってそうなのかなって思うけど……、違うのかな……。

冨田 僕はなんか、オーガナイザーとかもそれに近いなあって……。

銀色 なに? オーガナイザーって。

冨田 イベントのオーガナイザーとか。

銀色　なに？
冨田　オーガナイズ。
銀色　前も聞いたよね。私、それ、絶対覚えられないわ。
冨田　組織するとか、運営するとかなのかな。たとえば、なんかの保養キャンプとかね、そういうのを仕切る立場に立つ、みたいな。そうすると、今自分が頼まれた仕事ができてるかできてないか、この人と話してて今楽しいとか楽しくないとか、そこにいないんですよ。それをしている自分もいるけど、どっかでその自分も含めて全体を見てて、すごく冷めてる自分がいる。だから、盛り上がりきれなかったりする。
銀色　そうなの。それさあ、両立できないんだよね。
冨田　うん。……テンションが違う。
銀色　夢中になって100パーセント入れる人いるじゃん。
冨田　うん。
銀色　私、そういう人見ると、すごいって思うの。私は、絶対ないの。あんなふうに、一生懸命に夢中になること。なれないの。あんなふうに、わあって、天真爛漫に。必死に、一生懸命になってる人がいて、私にはできないと思った、あれは。絶対自分がもうひとりいるもん。

冨田　そうなんですよね～。

銀色　私たち、ちょっと似てるね。このあいだの話を聞いてて思った。全然違う感じだけど、ある部分。俯瞰してる自分がいて。

冨田　うん。そうなんですよ（笑）。それはもうぬぐえないんですよね。どうしようもないから。その自分の中でいかに楽しく生きるかって……。

銀色　で、その一生懸命な人がいたからさあ、一生懸命ですよねって言ったの。感心して。私はそうできないっていったらさ、まるで私が……、そういうふうになりたいけど、私が自分を檻に入れてるから、そうできないんだって、否定的に思われた気がする。

冨田　私は一生懸命になれなくて必ず客観的な自分がいるんですよねって言ったんだけど、私が素直じゃないから、みたいに思ったと思う。違うのよ。もともとなんだもん。

冨田　うん。

銀色　でもね、そういう私が最も、すっごく集中して一生懸命になれる瞬間がないかなって考えたら思いついたんだけど、一生懸命拍手してる時とかあるじゃん。

冨田　うん。

銀色　感謝や尊敬の気持ちを表す時とか、学芸会で歌い終えた子どもたちを讃える時とか、本当に人を励ましたいと思った時に、一生懸命拍手するのは好きなの。いちばん長く叩いていたいって思ったりする。自分のことじゃなくて、人に対してはできるみたい。

冨田　なるほどな。あるんだろうな、瞬間瞬間では。

銀色　でも、よく僕、それ感じますね。

冨田　なにを？

銀色　その、……俯瞰してる自分を。それによって、みんなと同じようには楽しんでないなって。

冨田　私もよ。

銀色　悲しいとも思わないし、なんとも思わないけど、まわりも絶対それを気づいてるようで気づいてないなって思うし、もうそれで慣れてるからそれでいいんだけど。

冨田　……うん。そういうもんだなあって、イベントとかやってもいつも思う。自分が仕切り役じゃなくても常にそうだから。どこにいてもそうだから。

銀色　だから私、なんでもできるのよ。自分じゃないから、この私が。

だからね……さげすまれたりすることとか、平気。私じゃないんだもん。逆に、さげすまれたりすることが快感なの。

冨田　うん。

銀色　ちょっと、踏みつけにされるとかさ。

冨田　ハハハ。

銀色　なぜなら平気だから。人がすごく嫌がってるもので、自分はぜんぜん嫌がってないことをする時、おもしろさを感じるの。人は嫌がるみたいだけど私は嫌じゃないなっていうのが、昔からたくさんある。小っちゃい時から。私は平気なんだけどなあって。それはやっぱり俯瞰してる自分と、自分が違うからだと思う。

冨田　しかも、ちょっと体験したい、みたいなのがあるわけですよね。たぶん。それを見たいっていう……。

銀色　うん。すごく。だってコマだと思ってるんだもん。この、今、生きてる私。……だから、人を好きにならないのかも（笑）。だってコマだからさ。

冨田　……うん。そのコマっていうのは僕がさっきいってた言葉でいうと、プレイヤーってことなんだろうな。

銀色　うん。

冨田　楽しんでますもん。どっかで。この冨田って奴は次どんなプレイをするんだろう。どんな役割りが与えられたんだろう。あ、なんか今日でちょっとギアが変わったぞ、みたいな感じで見てるな……。たぶん、だから２０１２年がどうこうとか話が入ってきたり、聞かれたりするんだろうな。聞かれたりするっていうか、自分でもそこにチューニングがあったりするんだろうな……。

銀色　え、どういうこと？

冨田　見てるから。なんか。

銀色　客観的にっていうこと？

冨田　今ってところにすごく集中してるけど、どっかですごく俯瞰して見ようとしてる。常に。世の中全体を。それも世の中全体をただざっと、っていうことじゃなくて、現場を全部たどって、くまなく見て行って、なるほどこんな感じか！　って、パトロールみたいな。

銀色　ああ〜、私はね、それでいうと、俯瞰してるからこそ、人を……、私を頼ってきた人をすごく、守ってあげられるの。同じ場所にいないから、やさしく、慈しむ……ことができるっていうか、愛せるの。そこだと人として、愛せるから。個人としての細かいところに興味ないじゃん。

冨田　うん。

銀色　ただ人が、人であるってことだけで素晴らしいと思ってるわけだからさ。人が素晴らしいと思ってる私なわけだから、その一点張りができるんだよね。

素晴らしいじゃん、だって。生まれたままで。なにもしなくても、なににもならなくても。それに関しては、まったく何の曇りもなく、そう思うことに関して自信があるから。

冨田　……だから、人に、おかあさんみたいに思われるんだろうなあ。慈愛とか、慈悲のなんか、みたいな。私はそれを、できるし。私は愛せるんだよね。みんなを。……愛せるっていうか（笑）。

銀色　おもしろいですね。……ちょっと安心しました。そういう生き方で、ずっとやって、楽しみ続けてる人がいるということがわかったことで、僕の人生も明るくなりました。

冨田　アハハハ、ほんと？　もっともっと明るくなって。もっともっと奥にあるものを外に出してよ。

銀色　うん。なんか、さっきもああいうふうに話してたけど、もう、ちょっと抜けた感じが……、抜けた感じでいえば、表現し続けるとか、自分がパッと思ったこととか、これやったらおもしろいだろうなってことを、やってけばいいだけかなって気がしてきた。

冨田　うん。

銀色　それこそ、待ち、っていうか、頼まれたことをやるっていうことも大事だけど、常にそういうふうに頼まれ待ちだと、今けっこうそれに近い状態ではあるから。そのチュ

銀色　ーニングも大事だけど、やっぱりどっかで常に自分のワクワクを観察してて、出てきたらそれに水をやるようにやってくっていう……ことだけかな。

冨田　なんか、さっき（ごはん食べてた時）、Sっぽいとこあるって言われたって言ったでしょ？　どういうとこ？

銀色　なんだっけなあ。具体的な……。

冨田　ズバッと言っちゃったってこと？　なんか。

銀色　いやいや、そういう感じでもないんですよね〜。なんか、いじる、みたいな感じかなあ。からかうとか。単純にそれぐらいのことだと思いますよ。

冨田　へえ〜、そういうとこ、もっとどんどん出したらおもしろいと思うんだけど（笑）。

銀色　そうですね。……ざっくり言うと、許しを与えるってことだと思う。自分に対して。

冨田　うん。だってさ、ちょっと前と今の自分は違うでしょ。

銀色　ぜんぜん違う。

冨田　絶対、変化してるわけで、もうベースはあるわけじゃん。もう同じとこをなぞらなくてもいいんだよ。もう次の段階に行くべきよ。やったんだから、こっちは（これは何を言ってるのか私自身もわかんない。なんか言葉が出てきたの）。

銀色　うん。そういうことですね。

銀色　うん。

冨田　……わかりました。

銀色　ハハハ。

冨田　わかった気がする。今日、僕、すごい整理できましたよ。自分の中が。だし、すごいいいタイミングだった。

銀色　ホント？　よかった。

冨田　とてもなんか、僕も、書くっていうことに希望がまた湧いたな。書き続けることによって、同じことの繰り返しになってく人もいるだろうし、より難しくなっていく人もいれば、整理されていく人もいると思うんですよね。整理されていくっていう方向があるんだなって思ったし。ちょっと簡単に、思えてきた。

銀色　そうよ、簡単よ！　エネルギーを見せるってことだから。文字はあまり関係ないんだよね。字面の意味はあんまり関係ない。そこに、言葉の上にエネルギーをのせていってるわけだから、なんでもいいんだよ本当は。そのエネルギーを人は受け取ってるわけでさ。

冨田　なるほどなあ……。

銀色　ね、じゃあ、これ（本）あげるね！

冨田　はい。ありがとうございます。
銀色　また連絡するね。こんな感じだけど、どう？　みたいな。
冨田　ぜひぜひ。

銀色　……どこでも寝れるの？
冨田　僕、どこでも寝れます。
銀色　ふうん……。
冨田　自覚なかったけど。今となっては。
銀色　ふとんとかなくても？
冨田　ぜんぜん。
銀色　ハハハ。それいいね！
冨田　慣れですよ。
銀色　いちばん、どんなところで寝れる？
冨田　ホントにどんなところでも寝れますよ。
銀色　地面みたいなとこでも？
冨田　あああ。

銀色　さすがに地面は？
冨田　でも地面みたいなとこでも寝ちゃいますね。
銀色　ふうん。
冨田　だってふとん敷かないで寝てたりとかしますもん。昨日もそうだったけど。あ、もう5時だ、どうしよう。ふとん敷かないで寝ちゃった。なんか損した気がする、って。
銀色　それ、床はなんだった？　下は。
冨田　畳。
銀色　ふうん。
冨田　さすがに岩の上でも寝れるかって言われたら、やったことないし、寝たくないなあって思うけど。
銀色　やっぱちょっと、柔らかいようなとこがいいんだね。
冨田　いや基本的には。
銀色　どこでも？
冨田　床が変わっても、別に困らず……。
冨田　あ、これも読みますか？　僕、連載してる雑誌なんですけど……。
銀色　うん。（パラパラ見ながら）……やっぱ、なに？　地震後の原発に対する人々のいろいろな話……。

冨田　どう？　ひとことで言って。

銀色　ひとことで言って……。

昔からやってたわけじゃん。それが地震後にみんな言うようになったじゃん。その立場で言うと。

冨田　うーんと、……ひとことで言うと、おもしろい。

銀色　なにが？

冨田　みんな個性的。みんなしゃべるようになったし、それが別に、反対でも賛成でもいいし、僕はね、ぶっちゃけ。

銀色　うん。

冨田　ネガティブでもポジティブでもいいんですよ。とにかく、なにか言うようになった。それがすごくカオスティックだけど、僕はね、カオスが好きなんですよ。

銀色　うん。

冨田　カオスはすごくクリエイティブで、新しい何かが生み出される手前にすごく必要な、新しい何かを予感させるもののような気がしてて、今すごくカオスな感じがするんですよ、原発に関しては。

銀色　うん。
冨田　すごくこう、わからないまま突き進んでる感じもあるし、わからないで物言ってる人もいるし、すごくわかりすぎて難しくなっちゃってる人もいるし、でもそのすべてが活性化してるって感じがして、活性化している以上は、今がいい悪いっていうジャッジを抜きにして言えば、すごく明るい兆しだと思う。
銀色　うん。
冨田　だから僕はすごく好き。今の状況。
銀色　だって生きた言葉でみんなが考え始めたんだもんね。結局。
冨田　うん。感動することもすごく多いし、刺激されることもすごく多いし、エネルギッシュですね。
銀色　ふうん……。
冨田　あとみんながサバイバルってことに照準を、すごい向けてる気がする、今。生き残るためには、生きるってことを選択することが大事なんだなって感じが、なんかみんなしてるんじゃないかな、もしかすると。
銀色　うん……。
冨田　生き物としてスイッチが1個入ったっていうか。このことをきっかけにして。

銀色　うん。

冨田　それはすごい祝福だと思うんですよね。

銀色　そうだね。

冨田　だからこれからどうなるかわかんないし、これからどうなるって議論を僕は最近あんまりしないけど、とてもワクワクしてますね。

なんか、銀色さんって手帳とか使います？　こういうの……。

銀色　手帳？　メモ帳？　メモ帳は使う。手帳は使わない。1個持ってるし。

冨田　あんまり使わない？

銀色　うん。

冨田　そしたらいいです。……じゃあ、そんな感じかな。……いや、おもしろかったです。

銀色　ちょっと似た者同士。

冨田　ぜひ、なんか。

銀色　そうよ、やろうよ、来年。

冨田　やりたいです。おもしろいと思う。

銀色　どんな人が来るかも楽しいじゃん。

冨田　そうっすね。

銀色　両方に共感する人が来るはずなので。

冨田　しかもどんな人が来ても、そのことをひとりで受け止めるんじゃなくて、ふたりで受け止められるから、ちょっとアースもできるし。

銀色　そうそう。

冨田　じゃあ、その来年のイメージで。楽しみに待ってます。

銀色　もう2012年も終わって、どうなってるかわかんないけど（笑）。

冨田　ホントですね、2013年。

銀色　世界が終わるみたいなこと言われてたのに、ちょっと前まで。

冨田　うーん。でもそれはもうほんとアンリアルなんですよね。マヤの予言の中には世界が終わるなんてことはひとことも書いてなくて。……ただ一日が終わるみたいな。一日が終わるってことは、明日が始まるってことで。そういう意味ではもう、終わりつつ始まってるっていうか。

銀色　うん。……だって私、終わっても怖くないんだもん。

冨田　うん。

銀色　……死なないから。

冨田　いや、ホント、僕も……。

銀色　しかも、死んでも気づかないっていうじゃん。死んだことに。……っていうのを私、確認したくってさあ。楽しみだなあって思ってんの。

冨田　……おもしろいと思います。

銀色　ね。（ドア）開けてあげる。

冨田　ありがとうございます。

銀色　気をつけてね〜。

冨田　はい。

私は即実行派だから、この本を2月に出すとして……、5月ごろにイベントをやれたらいいなと思い、会場を探した。前にやったことのある大井町駅前の「きゅりあん」の空き状況を見たら、5月10日（金）の夜が空いていた。小ホールは280人。でも私は、300人と考えてて、だったら400人は入るところがいい。来たくても来れない人がいるというのが嫌なので、いつもだいたいこれくらい来るだろうという数よりもちょっと大きい会場を選ぶことにしている。大ホールは1074席。中間がいいけどなかったので、大ホールを予約した。広いところで少ない人数で実験的にやってみたかったから。広いところで自由にのびのびとやったらどうだろうと思って。お客さんもその場を構成する一員という感覚で。

通路を歩きながらしゃべったりしてみたいなあ……。

この本に興味を持った人だけがそこに集まるなんて、考えただけでも楽しい。この本が入り口で、この本を読んで、この中に書かれていることに興味を持った人たちだけと、そこで同じ時間を過ごす。それだけで何かが成就してそうな気がする。

そして、その日が大丈夫か冨田さんに聞いたら、

「大丈夫です。この日は旧暦の卯月一日。新月ですね。

卯という字はもともと象形文字で『ちょうつがい』を表していて、開闢《かいびゃく》といった意味を持つ

文字で、『う』は『うごく』や『うみだす』といった意味を持つ音でもあります。

新しい取り組みをするのにぴったりな気がします」とのこと。


そして、本のタイトルが急に浮かんだ。ちょっと飛躍してるけど、これにしたい。2回の会話を2月ごろに本としてまとめて出したいということと共に、冨田さんにメールする。

「本のタイトルを決めました。

『本当に自分の人生を生きることを考え始めた人たちへ』です。

よろしくお願いします」

「いいですね！

ますます楽しみになりましたし、僕自身にとっても、『本当に自分の人生を生きる』ためのターニングポイントになります。

今、手帳を開いたら、来年の5月10日は金環日食でもあるんですね。

さらにいい感じです◎」

私は日にち（や方角や何かにつけられた意味や占い）にはまったく無頓着でどうでもいいと思ってるのだけど、冨田さんがうれしそうだからよかった。

その後、テープ起こしの大変さで冨田さんに弱音を吐いたりもして、

「冨田です。

メールをいただいた9月21日は、早朝は駒沢、昼間は鎌倉、夜は国立、深夜は登戸にいました。22日は千葉市、23日は大津、そして今日は京都にいて、今夜は名古屋です。

お察しいただいたとおり、国内にはいますよ～。

＞どういう形にまとめられるか…、
＞もしかしてすごく変わった本になるかもしれません。

僕もうすうす、すごく変わった本になるんじゃないかな、と思っていました。

そして、それが自然なんだろうな、とも思っていました。

僕のブログを見ていただいたり、本を送らせていただいたり、今までのやりとり自体も、不思議な流れを感じますし、不思議な本になっちゃうんだろうなと。

途中でいろんなことが変更になったりすることもふくめて、
僕はぜんぜん困りませんので、どんなことでも言ってくださいね。

思いついたことを正直に形にするのがいいと思いますし、
今までどおり、銀色さんの思うままに進めていただくのがよいと思います。
＞今のところ、メールも含め、最初からの記録にしたいと思っているのですが、
＞そういう形は嫌だと思われるかもしれませんので、そしたら諦めます。

いえいえ。
ぜんぜんかまいません。
もともと、僕のメールは誰に見られてもいいように書いてます。
僕は完成形をきれいに見せる、というやりかたも好きですが、
経緯、プロセスを見せるのも好きです。
同じ場所にいるような、同じ時間を生きているような感覚を、読み手に提供して、
横並びで一緒に生きているという実感を共有することは好きです」

ワークショップに関して、その後、思ったこと。

私は私の本を通じて、長い間、読者とワークショップをやっていたのだと気づいた。

私が思うことを書いて、読者がそれを読んで、考えて、日常生活で実践して、私が書いて、また考えて……というふうに20年ぐらい続けてきていたんだと思う。

なので、私がやるイベントって、毎日よく頑張ったね！　と読者をねぎらう会というか、励ましと、確認の場所なのかなと思う。

だから、ただ同じ場所に集まるだけでも、何か強い、圧倒的なパワーを感じられるんじゃないかと思うし、今まで開いた会は、確かに、そういう感じだった。

私が楽しく感じることをやっていけばいいのだと思う。楽しく感じる、楽しいんじゃないかと思うことを。それは実際、楽しいから。

沈黙が怖くない人たちが集まった静寂の会は大人数でもおもしろいと思う。大人数であればあるほどおもしろいかも。人と向かい合って、沈黙している……黙ってることが怖い人ってなんとなく気がそぞろっていう気がするけど、黙ってることが怖くない人って、やっぱりちょっと落ち着いてるような気がする。どっしりしてるというか。虚無、という人もいるかもしれないけど、そういう人はそもそもイベントには来ないだろうから。そこに行きたいと思って来るってことは、情熱があるということ。情熱があって静かにもしていられるって、強い、ということかもしれない。


補足。

人って、とても簡単には、他の人を理解できないし、ちょっとやそっとのことでは、とうていわかりあえない。最後までわからないかもしれない。また多くの人は、それほど人のことを見ていない。

だからこそ、いろいろと違う自分を見せても、それさえも覆ってくれるほど、「人間関係」は曖昧で奥深く、そして試されもする。

（でも、わかりあえてる合図は必ずあって、それは裏切らない、と知ってる人たちにとっては限りなく開かれている。……そこが、私がこの世の本質を信じているという点につながっている）


あと、期待しないこととガッカリしないということについて。

期待することや楽しみにすること、ワクワクすることはいいと思うんだけど、期待しても、その結果に依存しない、ということを言いたかった。

楽しみにはするけど、その結果に依存しなければ、あまりガッカリすることもないし、すぐに次の展開をより前向きに検討できる……。そういう感じ。

最近私の、何かを判断する時のポイントは、安心感。自分を盛り上げてテンションを高めてくれるものも時には必要だけど、信頼を感じるのは、いっときの興奮ではなく落ち着きや安らぎを与えてくれるもの。信頼というのは最も得難く、貴重なものだと思う。

「信頼と尊重と愛。この3つは犬を飼うのに必要で、円満な結婚生活を送るコツと一緒です」と私の好きなドッグトレーナーのシーザーも言ってた（笑）。

人が信頼と尊敬と愛を感じるものって、その人に安心感を与えてくれると思う。

「自分自身を信じないことで人は深く傷つきます。信じることは人生における課題です」とも言ってたけど、私も本当にそう思う。

その人が信じたことが現実になるということはよく言われることだけど、信じたり無心に意図すると物事がそのように進み、ちょっとでも疑ったり悪く考えたとたんに状況が変化することはよくある。その反応の敏感さは驚くほどなので信じられないのも当然だと思うほど。

私だってまだよく信じられない。それを計る針はすごく精度が高い。思った以上に。

それから、答えは外にはない、ということ。

すべての答えを知ってる、というような誰かは存在しないと思う。だから答えをだれかに聞きに行く必要はなく、答えがあるとしたら人の心の中だろう。

心は「永遠」とつながっている。そしてその「永遠」では、すべてがつながっている。そこから無尽蔵のパワーが得られる。だから自分には力がないということはない。だれでもがそことつながり、力をひっぱってこれる。

答えは外にはない。知りたいことは、自分の心や感情に聞けばいい。ただし、静まりかえった精神状態の中で。

静まりかえった精神状態とは?

そうなるには?

静けさにも、限りがない。

ひとりの時間を持つことの意義を思う。

12日に冨田さんと一度会って、打ち合わせ。

大きく変えるところはなく、言い回しや会話内のカッコの入れ方や、わからなかった部分の確認ぐらい。ひととおりチェックできたらメールで送ってもらうことにした。

メールの文章はほとんどすべてそのまま。「メールの文章に関しては、その時の気持ちで書いているから、あとで書き直すと違ってしまうと思うんです」とのこと。

うん。そうだよね。私もそう思う。

あとは……、なに話したっけ。文章を書くということ、本を作るということ。イベントのことなど少々。

イベントでは、この本をテキストにしてより掘り下げたり、新しく思ったことを自由に話したりしたい。

「イベントの時、それまでに本の感想が来るだろうから、それをもとに話してもいいね。感想を募集してもいいけど」と言ったら、「募集するのではなく、自然に集まって来たものでやった方がいい」というようなことをもっと柔らかい表現で言ってて、私もその方がいいと思ったので、「じゃあ、すべて流れに任せてやりましょう」ということに。

私は、その時、心に浮かんできたことをしゃべろう。その日、そこにいる人たちを前にして、自然と心に浮かんできたことを。

超くだらないことだったりして！（笑）

それでも、それを。

私には、人の心の奥に眠っている可能性のスイッチを押す能力がある（らしい）。すでに何らかのシンパシーを感じてもらえてるファンの人たちだとより簡単にできる。それが本当なら（たとえ違っても）、生きてる間にできるだけたくさんの人に会って、できるだけたくさんの、いろんな形のスイッチを押したい。

「銀色の秋」

イベントに関して、私がやりたいことは2種類あって、読者を前にひとりで（とか誰かと）語ったり話し合ったりというのと、私の作詞した歌をピアノを伴奏に歌ってもらって、それと私の話と交互に見せていくライブ形式のもの。

で、今回の「銀色の秋」はライブ形式の方。

私はあまり先のことまで決めてしまうと苦しくなる性格なので、やはり目の前のことをひとつやって、それから自然に思いつくことを次にやる、というふうにだんだんにやっていくことにした。慣れて自然に楽しめるようになったらどんどんできるのかなと思うけど。

10月14日のイベントは、まず、すべてを自分の好きなようにやってみることにする。自分でできる無理のないやり方で。

チケットは予約番号だけ告げて当日代金を徴収。なのでキャンセル自由。物販は無人販売方式で箱に入れてもらう。お釣りなどないように小銭を用意してとあらかじめメールで販売商品と金額を告知しておいた。関係者席はなし。お客さんだけ。

スタッフも最小限の人数、受付2人、ロビー2人、舞台裏ひとり、計5名というシンプルさ。ホールにもともとついているスタッフの方がたくさんいるので、案内などは丁寧にやっていただける。

出演者は4名。私、ボーカル、ピアノ、チェロ。何を話すか一応紙に書いておいたけど、それも流れで。これがうまくできたらこれからも続けていけるという気がするので、私にとっては挑戦。うまくできますように。自分の思いを、少しでも伝えられますように。

「銀色の秋」案内文

「みなさん、こんにちは。秋のイベントを開催します。

初めてひとりで話します（話のあいだを歌でつなぎます）。

私もこの2年でかなり経験を積み（笑）、自分の望む方向がだんだんわかってきました。

シンプル&ラフにやります。

私の予感では、力強い私をお見せできると思います。

2階はたぶんあまり人がいないので、
ひっそり静かに観賞したい方には、お薦めです。

いちばん後ろとか端っこも、落ち着いて、いいかもしれないと思います。
ポツンポツンと、暗がりの草っぽく。
私もそうありたいです。
この日のために、『きみを想う歌』という新しい歌も作りました。
このイベントは私にとって、新しい何かの始まりになると思うので、
とても楽しみです。

銀色夏生」

「銀色の秋」開催　2012年10月14日　13時開演　第一生命ホール

ステージに出る前、鏡の前に立って、首に巻いていたスカーフをくるくるっと顔のまわりにドーナツみたいに巻いたらおもしろかったのでそのまま出たら、みんな笑ってくれたのでうれしかった。

トークと歌を交互に。
言いたいことを言い忘れてはいけないと思い、わりと早めに言った。

それは、あのふたつのこと。

「私がいつも言ってることかもしれないけど、言い忘れないように先に言っちゃおうかなあと思ってるんですが……。せっかく今日、直接、私の声で伝えることができるので。

私が人に言いたいこと、伝えたいことがふたつあって、ひとつは、恐れるものはない、ということです。私がそう思うから言えるんですけど。恐れるものはないと思います。

もうひとつは、人はそのまま生まれたままで愛される価値がある、ということです。このふたつのことを私は強く思ってて、それを言っていきたいなと思ってます。

自分に自信がないと思ってる人も多いでしょう？　とか、違うものになりたいとか……。でも私はやっぱり、その人が生まれたままでそのままで素晴らしいと思うので。

そこに気づくまでの過程だと思うんですよね。生きるって」

冨田さんと話した時の、恐れるものはない、の説明をしようと思ったけど、涙が出そうになったのでやめた（笑）。私はどうしてもまだ、本当に心から思っている大事だと思うことを人前で話そうとすると、泣きそうになってしまう。

そして最後に。

「みなさんは、この人生で何ができたらしあわせですか？

自分の好きなことを追求していってほしいと思います。

世の中にはたくさんのものがあって、いろんな目に見えるもの、聞こえるもの、たくさんのものがありますけど、その中で、いいエネルギーというか、よいものを捉えてほしいと思います。

そして、可能性は無限だと、私は思いますので、

これからも一緒にその可能性を追求して、一緒に生きていけたらと思っています」

イベントを終えて。

しゃべれた。すごく長く。

だんだん練習を積んだから、ここまで来れたんだ。うれしい。

これで大丈夫。いろんなところに行ける。

今回はメルマガ登録システムを使って予約登録をしてもらったので、お知らせなどはメルマガで一斉配信できた。おかげで入場料や物販についての事前告知ができ、みなさん本当に細かいお金など用意してくれていて大変スムーズだった。こういう細かい手作業は今後は大きいホールではあまりできないと思うけど、一度やれて、流れや動向などいろいろなことがわかってよかった。

途中休憩の時に、話すことをメモした紙を持って楽屋に下がり、そのまま部屋に置き忘れてしまって、後半始まって、ない、ない、紙がない、としばらくパニックに。でも、これはもう、思いついたことをしゃべれ、ということだと理解し、ただしゃべった。おもしろかったのが、キャンセル自由ってしてたら、当日キャンセルが130人もいたこと。でもそれを話したらピアニストの鼓緒太さんが「でもそれだけの人が来る意志があったってことですよね……。すごいですね」と言ってくれたので、そういう考え方ができるっていいなって思った。そう。お客さんも今までで一番来てくれた。日曜日の昼間だったので遠方からの人もたくさんいた。北海道や東北、九州や沖縄の人も。

感想もたくさんいただき、本当にうれしかった。あと、私のライブはみなさん、どうしても感極まってしまってよく泣かれるのですが、まだ気にしてる人が多いので、気を遣わないで泣いてもいいよと言いたい。次からは、最初にそのことを言おうかな。この場は特別だから、って。

ホールスタッフの方が、ライブ中、ホールに流れてくるセブンくんの歌声を聴いて、「素敵ですね～」とおっしゃっていたそうでうれしかった。関わる全ての人に向けて私は、真面目な言葉で言うと、愛を届けたい、と思っているので。

そのライブやイベントに関わる全ての人が、それに触れて幸せになるように私は願いを込めている。願いを生きている、という感じ。

どのような形であれ、それに触れたすべての人が。

これからもこういう感じで、気ままな歌とおしゃべりの会をいろんなところでやってみたい。早く遠くに行きたいなぁ。歌を聴かせたい。歌って、それだけでいろんな（次元の）ものが含まれていて、空気が一瞬で変わる。伝達力があるし。私も歌と一緒なら、臆せずに進めるのです。

私ひとりでふらりと行くことも、もちろんやってみたい。そこでみんなと会いたい。流れがあるなら、それに吸いこまれるようにして。

2012/10/23（火）12:22

銀色様

とみた@和歌山です。

先週からずっと和歌山で今週末まで2週間という長い時間を和歌山県内で過ごしています。

遅くなってしまいましたが、ようやくいただいた原稿に直しを入れることができました。

修正点は太字にしてあります。

マイクロソフトのWordの、違うメーカーが出している無料アプリのOpenOfficeというのを使っていて、ちょっと互換性がいまいちなようで、もしかしたら無駄に文字間にスペースが入っちゃったりしているかもしれません。

僕のほうでは、言い回しの修正以外、スペースを入れたりはしていないので、もし無駄にスペースなどが入っていたら、そこは詰めてください。

その他、もし不明な点などありましたら、気軽にご連絡ください。

どうぞよろしくお願いします。

とみた　拝

2012/10/23（火）13:32

おつかれさま〜。

原稿、受け取りました。

このまままるごと組み入れますね。

また何か聞きたいことがあったら連絡します。

そちらからも、聞きたいことがあったら聞いて下さいね。　銀色

2012/10/23（火）18:23
銀色さま
冨田です。

無事に届いたようでよかったです。

なかなか着手できませんが、以前いただいているメールにも追って返信をさせていただきたいと思います。

こちらから聞きたいことが生まれたら、また連絡しますね。

どうぞよろしくお願いします。

とみた　拝

以前いただいてるメールというのは、この間、何通かメールのやりとりをしてて、その最後のメールのこと。私が勝手にいろいろ冨田さんに対する感想を書いて送ったもの。

2012/10/28（日）18:42
冨田さんへ
了解しました。
前のメールの返事は、特にしなくてもいいですよ。
ひとこと、あったし。
あれで充分、何かが感じられます。
このあと、全部まとめたものを入稿して、
ゲラが出る頃、また連絡しますね！　銀色

ひとこと、というのは、「梅干しとか味噌のような効き目を感じました。それが入ることで食べたものが調和するというか。整って消化されるというか。ありがとうございます」というもの。

梅干しとか味噌……（笑）。

2012/10/31（水）13:58
銀色様
冨田です。
＞前のメールの返事は、特にしなくてもいいですよ。
ありがとうございます。
＞ゲラが出る頃、また連絡しますね！
了解しました。
楽しみにしております◎
とみた　拝

2012/10/31(水)16:52
うん。
理由を言うと、あれの返事ってたぶん、
謙虚な同意とお礼、みたいなものになる気がするし（違うかもしれないけど）、
そうなったら繰り返しになるので。

では、
実はまだ、果たしてこれが本になるのか、していいのかわからないのだけど（笑）、
とりあえず進めてみます。
なにかあったらまたメールしますね。
今、松江にいます。宍道湖畔に。　銀色

この時、私はまた、弱気な一面が。

この本って、なんだろうと思って……。とても個人的な気がするし、でも内容は好きだし、私はあんまりしゃべってなくて冨田さんばっかり素敵だし（また私、紹介役？（笑））、出してもいいのだろうかと、まだ逡巡してました。

でも次の朝、温泉につかりながら朝日を浴びて、その明るい輝きの中で、あんなことをメールして甘えて、いけなかったと思い、反省のメールを送った。

2012/11/1(木)8:16
昨日のメールは、なんか迷ってるふうですみません。
私の気弱な面がちょっと出てしまいました。

もう大丈夫です。

ではまた連絡します。

今日はこれから出雲大社に行きます。

初めてなので楽しみ！　銀色

2012/11/3(土)13:02
ぎんいろさま
とみた@新潟です。

北陸、東北は、言葉すくなな方が多くて、いいです。

よくしゃべる土地も好きですが、新潟での沈黙に慣れている人々の中にいると、なんかほっとします。

沈黙は心の掃除ですね〜♪

色々と本の行方について、思案されたり、迷われる状況をシェアしていただきありがとうございます。

僕としては、ほんと、どんな形になってもいいと思っていますし、形にならなくてもいいと思っています。ただ、その過程が大事にされればいいと思っています。
過程を大事に、ですね。
11月、12月、それぞれ関東を回ります。
またゆっくりお話ししたり、おいしいご飯を食べられたらと思います。
では、引き続きよい旅を◎

とみた　拝

2012/11/03（土）13:56

うん。
私はいつも、新しいタイプの本を出す前って、迷うことがあります。
この前は、『ばらとおむつ』という本を出した時がそうでした。
家族のことが書かれているとても個人的な本だったので、
ここまで出していいのだろうかと躊躇していました。
でも私はその本をすごく出したいと思っていて、
その時は神様？　が、ばらとおむつの写真を私に見せて、
それで背中を押されました（それが表紙になっています）。

今回の本も、たぶん、初めからそうなったらいいなと願っていた気がするし、そうすると思うのですが、

やはりこれも私には新しい形のものなので、

神聖な覚悟と責任みたいなものを感じています。

それは、小さくいろいろな点で（読者や冨田さんに対する責任も含め）。

この慎重さは儀式みたいなものなのでいいのですが。

あ、この本のタイトルをこのあいだのイベントやメルマガで言ったのですが、そのひとことにハッとしたという方が何人かいて、

私はとても楽しみです。本もイベントも。

ゲラが出る時に、また見てほしいので、日程がわかったら連絡しますね。

では。

今度会ったら、そういう、日本のいろんなところを回りながら、移動の途中、どういうことを考えているのか聞きたいです。景色も見るの？　とか。

銀色

2012/11/06（火）0:22

銀色さま

冨田@秋田です。

＞私はいつも、新しいタイプの本を出す前って、迷うことがあります。

（中略）

＞この慎重さは儀式みたいなものなのでいいのですが。

僕は今まで自費出版でしか本を出したことがないので、そのような覚悟や責任のようなものを、たぶんちゃんと想像できていないと思います。

僕は言いたいことをただ話しただけですが、銀色さんはその内容を文章に起こし、本という形で発表するための様々な作業、段取り、打ち合わせ、調整をしてくださっていて、今思えば僕はその過程を想像できていなかったですね。

今もすべてをわかることは当然できないわけですが、今まで、そこに思いをはせること自体が足りてなかったなと思い直しました。

そのご心労に心から感謝します。

たとえ書かれている言葉が僕の言葉であっても、「銀色夏生」という名前で発表される以上、その責任は僕ではなく銀色さんにかかってしまうということを、改めて実感させていただいています。

なんとも気楽に話してしまったな〜と、その軽さに反省もしています。

僕は今回、自分の話したことを読み直してみて、その内容が活字になって広まることを想像して、身が引き締まる思いがしたと同時に、「ここに書かれている言葉に背中を押されるように、また僕は前に進んでいくんだな」とわくわくもしました。

覚悟とわくわくが共存する、不思議な気持ちです。

同時に、もっと別の次元で気になることもあります。

僕から見た音楽業界、僕が体験した音楽業界、それを読んで「これが音楽業界なんだ」と思ってもらいたくない、一個人の体験とそこから感じていることとして読んでほしい、という気持ちや、そもそも、そこで語った音楽業界に対する印象は、当然ながら全体像の中の一部を切り取ったものであるし、などなど、そんなことも思ったりしています。

そしてすぱっと割り切って、自分の話したことは後から振り返れば色々気になることがあるけれど、今こうやって、自分の言葉を振り返って違和感を感じているということは自分が変化していることだし、であれば、新しい自分が新しい言葉を語ればいいだけなのではないか、と思ったりして、、そんな小さな覚悟を重ねています。

∨あ、この本のタイトルをこのあいだのイベントやメルマガで言ったのですが、
∨そのひとことにハッとしたという方が何人かいて、
∨私はとても楽しみです。本もイベントも。

それはうれしいことですね。

僕もこのタイトルとても好きです。

自分にとっても重要なメッセージだな〜としみじみ感じています。

僕はファシリテーションも、マネージメントも、自己対話も、たぶん人より大事だと強く感じていると思いますが、それらを得意とは思っていません。

むしろ、苦手意識があるからこそ学び続けているのかもしれません。

今回、自己との向き合い方について、改めて振り返り、学び直しているところですし、そのような機会をいただけたことにも、心から感謝しています。

どうもありがとうございます。

＞ゲラが出る時に、また見てほしいので、日程がわかったら連絡しますね。

了解しました。

改めて全体を読める日がくることを楽しみにしております◎◎

＞どういうことを考えているのか聞きたいです。景色も見るの？　とか。

＞今度会ったら、そういう、日本のいろんなところを回りながら、移動の途中、ゆっくりお話しできる機会をもてたらと思います。


ちなみに僕は、電車や新幹線、高速バスや路線バス、地下鉄やフェリー、飛行機、車などで移動をしていますが、電車やバスの中では景色を見たり、寝たり、ご飯を食べたり、音楽を聴いたり、ワークショップのプランを立てたり、ノートをまとめたり、本を読んだり、してます。


なるべくパソコンや携帯は触らないようにしています。

今いる場所じゃないどこかに意識を飛ばしすぎると、意識が浮きすぎてしまうし、変な地に足がつかないようなメールを送ってしまったり、疲れてしまうので。

また「暇をつぶすように」メールをしてしまうと、暇がなくなってしまうので、移動中はなるべく電子機器を使った打ち合わせなどは避けるようにしていますが、例外もあります。

そのときは「今は例外的にオッケイにします」ということを意識して、作業をします。

景色を見ながら移動するのが一番いいですね。

ずっと景色を見ながら目的地に着くと、新しい場所に着いても最初からその土地につながっているような感覚がうまれます。

今は秋田です。

東北の秋は最高に美しいですね。

ではまた連絡いたします。

よい冬を迎えましょう。

感謝　拝

あとがき

以上が私と冨田さんとのやりとりのほぼ全てです。相手に対する予備知識もあまりなく、その時思ったことをただ目の前の人と話した、この経験はとても楽しいものでした。特に、2回目の帰りがけ、立ち話で話した会話（どう？ ひとことで言って、から、それはすごい祝福だと思うんですよね、のあたり）がすごく好きです。

あの時、ふわっと力が抜けていました。

話した後にタイトルを思いついたので、直接それについて話している箇所はありませんが、セルフマネージメントも場（イベント）作りも、本当に自分の人生を生きることを考え始めた人たちが、実際に行動を起こす時に大切になってくるものです。

何かを実行する時は、目標を見定めた具体性というのが何より大事です。目標がまだわからないという人は、「心から嫌だと思うことだけは絶対にしない」みたいなことでもいいと思います。心から嫌だと思うことを絶対にしないようにするための具体的な方法を考えよう、というのもひとつの目標です。私の経験で言うと、これは大変だ、大変なことになった！ と大打撃を受けたあとは必ず、大きく人生が好転します。すぐにはそう思えないけど、あとになって思うと。それ以前にはできなかったことができるようになったり、何かから解放されたり。だから判断というのは、どの段階でも時期尚早です。出来事の価値や意味は生きている限り変化し続けるから。いや、変化させられるから。

人生のおもしろい点は、自分の人生を変えるために仕事を辞めたり人と別れたり引っ越したりする必要もないこと。生きる姿勢、物事のとらえ方、受けとめ方を変えれば、世界は変わり、人生も変わります。

本当に自分の人生を生きることを考え始める、とはどういうことでしょう。

何かをきっかけにして、見知らぬ道が突然、目の前に姿を現す。

さっきまでの環境が、不確かなもののように感じられる。

体を、自由の風が吹きぬける。けれど責任と孤独と怖さもある。

遠くに明るく見える場所があって、そこへ行きたいと願う。

その景色はひとりひとり違うけど背中合わせに励まし合うことはできるはず。

本当に自分の人生を生きることを考え始めた人たちへ、

大丈夫だと、私は言いたい。

その地点に一緒に立ってそこから生まれるものを同時進行で見ていきましょう。
なにも先入観を持たず、そこから考えていきましょう。
本当に自分の人生を生きることを考え始めた瞬間。
考えようと思い始めた瞬間。
その瞬間はいつでも、いつからでも起こりえる。だれにでも起こりえる。
年齢に関係なく。男も、女も。

同じ時は二度となく、
この今を経験するのは私たちが初めてです。
どんな意見や過去とも、状況は違う。
だから人生は冒険なのです。
奇跡のようなところ（地球）にいるということを、いつも忘れないでいましょう。
縁あって私と出会った人たちの、力に、少しでもなれたらと思います。
すべてを自然の流れ（現状が持つ本質のバランス）に任せて。
目が合った時が出会うべき時でベストのタイミングなのだと思います。
では。

銀色夏生